KB090259

우리는
마요네즈가
아니에요

우리는 마요네즈가 아니에요

이마이 마사코 지음

윤수정 옮김

팀

　이 책은 2004년 간행된 단행본과 그것을 원작으로 방영된 텔레비전 드라마의 내용을 더해 고쳐 쓴 것입니다. 이 이야기에 그려진 광고의 세계는 날마다 눈 돌아가게 변화하고, 눈부시게 진보하고 있습니다. 올해의 최신은 내년에는 낡은 것이 됩니다. 그렇지만 자기 안에 있는 보물을 발굴해 빛나게 하는 브레인스토밍의 재미는 광고가 어떤 형태가 되든 변하지 않는다고 믿습니다. 그렇기에 이 책에서는 시대 설정을 군이 업데이트하지 않았습니다.

　당시 휴대 전화라 하면 피처폰을 가리켰습니다. 지금은 아주 익숙한 QR코드도 아직 알려지지 않았습니다. 12년이 지난 지금 휴대 전화라 하면 스마트폰을 말하게 되었고, 어플과 SNS를 이용한 재미난 캠페인이 속속 생겨났습니다. 등장인물보다 미래를 살고 있는 독자가 "지금이라면 이런 일도 할 수 있잖아?" 하고 브레인스토밍에 참가하면서 읽어 주시면 기쁘겠습니다.

브레인스토밍 규칙

1. 남의 발언을 부정하지 않는다.

2. 뭐든지 자유롭게 발언한다.

3. 발언의 질보다 양.

4. 남의 발언에 자기 생각을 더해서
   새로운 아이디어를 낸다.

차례

일러두기

* 본문에 쓰인 광고 용어 등은 경우에 따라 우리나라에서 사용하는 용어로 대체했습니다.
* 고유명사와 인명 등은 외래어 표기법에 따랐습니다.
* 본문의 보충 글이나 풀이 글은 모두 옮긴이가 작성한 것입니다.

PROJECT 1.

홍차

브레인

시상식장은 마치 여고생 교복 박람회 같았다. 150센티미터의
작은 몸을 도립 T고등학교의 수수한 교복으로 감싼 나는 혼자서
벽에 붙어 서 있었다. 외국계 광고 대행사 M에이전시가 주최한
'제1회 고교생 카피라이터 선발 대회'의 시상식, 나는 그 대회에
응모한 고교생 중 하나로서 그곳에 있었다.

작품 모집 포스터를 본 건 고등학교 2학년이 된 첫날이었다. 학
년은 하나 올라갔지만 아무런 성장도 없이 그저 대학 입시만 바짝
다가온 듯해서 숨이 막히던 그날. 진로 지도 면담 희망일 설문지
를 받고, 엄마가 내 성적과 상관없이 무슨 말을 꺼낼까 생각하니
벌써부터 마음이 무거웠다. 풀이 죽어서 걷는데 교무실 앞 게시판

에 붙은 포스터 글씨가 눈에 확 들어왔다.

"상금 10만 엔."

10만 엔이 있으면 혼자서 살 수 있을지도 몰라.

나는 멍하니 생각했다.

한 달 정도라면.

엄마 아빠 몰래 휴대 전화를 사도 되겠다.

통신 요금을 아끼면 1년쯤 쓸 수 있다.

그때 나는 아무 생각 없이 날마다 집과 학교를 오가며 반경 5킬로미터 세계에서 살았다. 동아리 활동도 하지 않고 남자 친구도 없다. 중학교 때까지 친했던 친구하고는 가끔 만나는 정도였다. 딱히 취미도 없고, 아르바이트는 금지, 휴대 전화도 금지였다. 엄마는 학교 공부에 방해되는 것을 철저히 멀리하려 눈물겨운 노력을 했다. 하지만 내 성적은 중간에서 아래쪽을 맴돌았다.

M에이전시의 카피라이터 선발 대회. 들어 본 적 없는 회사지만 그것이 내 눈에 띈 것을 운명처럼 느꼈다.

"당신의 카피가 상품 포장에."

이 콘테스트에서 우승하면 나를 보는 반 아이들과 선생님의 눈길이 좀 바뀔지도 모른다. 엄마도 나를 다시 볼지 모른다. 혼자서 멀리 일하러 가 있는 아빠와 중학교 1학년인 주제에 나를 우습게 여기는 남동생 미노루도. 그건 상금 10만 엔보다 더 매력적인 보상이다. 그런데 그보다 더 마음에 들어온 것이 이 한 줄이었다.

"최우수상 수상자에게는 고교생 브레인으로서 활약할 찬스 부여."

고교생 브레인이 뭐지?

내가 모르는 두근거리는 세계가 보이지 않는 문 저편에 펼쳐져 있는 기분이 들었다.

마감은 사흘 뒤, 그날 소인까지 유효하다. 나는 시험공부를 할 때도 발휘한 적 없는 고도의 집중력으로 카피를 30개나 써서 응모했다. 이 중 하나가 열쇠 구멍에 맞아서 문이 짤깍하고 열리기를 바라며.

그러고 나서 두 달 뒤 열린 시상식. 내가 응모한 30개 중 하나가 마지막 후보작 10개 안에 남았다. 어쩌면 하는 기대를 갖고 결과 발표를 지켜보았다.

"응모작 총 657개! 이를 모두 제치고 올라온 것은 도쿄세이 여고 2학년 고바야시 히나코의 작품입니다!"

최우수상을 놓친 것 이상으로 도쿄세이 여자고등학교에 진 것이 분했다. 미션스쿨이기도 한 그 학교는 내가 시험 쳤다가 떨어진 곳이다. 그 때문에 나는 동네 도립고등학교에 다니게 됐다. 엄마 아빠는 지금도 한숨을 내쉬지만 나는 공학이어서 다행이라고 생각한다. 그렇지만 시험에 떨어진 학교 아이한테 카피라이터 선발 대회에서도 진 건 재미없는 일이다.

"우승 축하해요! 고교생 브레인으로서 재능을 살려 줄래요?"

"예스다요."

히나코는 우아한 메조소프라노 목소리를 울리며 고개를 15도 쯤 갸웃하고 웃음 지었다. 그 몸짓이 너무 귀여워서 '고개 갸웃하고 웃기 대회'를 열면 얘가 또 우승하겠구나, 하고 질투했다. 히나코어로 오케이를 뜻하는 '예스다요'를 들은 건 그때가 처음이었다. 이렇게 뭐든 다 갖춘 아이는 분명히 성격이 나쁘겠지. 나는 그렇게 생각했다. 그렇지 않으면 너무 불공평하니까.

"저 카피, 지나치게 똑똑해서 난 못 쫓아가겠는데."

목소리를 쫓아 눈길을 옮기자 귀여운 체크 교복과 화려한 애들이 많기로 유명한 시부야 여자고등학교 아이가 M에이전시의 젊은 남성 사원을 붙잡고서 히나코의 카피를 헐뜯고 있었다. 허리까지 늘어진 갈색 머리, 양쪽 귀에는 세 개씩 줄지은 피어스, 길쭉하게 찢어진 눈매는 매서워서 보통이 아닌 오라를 느꼈다. 여자애도 키가 컸지만 남성 사원도 덩치가 커서 둘이 같이 있으니 괜스레 더 눈에 띈다.

"네가 응모한 카피는 어떤 거니?"

"난 안 냈어. 친구가 같이 가자 그래서 놀러 온 것뿐이야. 와 보니 내 또래가 잔뜩 있어서 놀랐지만."

그 애는 이 학교 저 학교 할 것 없이 얼굴이 잘 알려진 모양이었다. 반에서조차 존재감이 없는 나하고는 전혀 다르다.

"너 재밌는 애구나. 고교생 브레인 해 보지 않을래?"

맙소사.

단 한 작품도 응모하지 않은 그 애가 덜컥 고교생 브레인으로 채용되었다.

"브레인이 뭐지? 먹는 건가?"

"브레인은 뇌를 말해. 뇌를 먹을 수는 없지."

젊은 사원은 부드럽게 잘못을 바로잡아 주었다.

"우리 브레인이 돼서 아이디어 회의에 참가해 주면 좋겠어."

"나 같은 애가 가도 돼? 시부야 여고야. 평균보다 아래, 바닥이라고."

"그런 건 상관없어. 어른한테는 없는 엉뚱한 발상이 필요한 거야."

"자극 담당이란 얘기? 그렇다면 시시한 의견에 매운 하바네로 소스를 팍팍 뿌려 줄게."

그 애는 처음 만나는 어른과도 반말로 막힘없이 이야기했다. 머리 회전이 무척 빠르다. 아마 공부를 게을리했을 뿐일 거다. 나는 시부야 여고의 그 애한테도 '졌다'고 생각했다. 벽 옆에 남겨진 나는 남몰래 핀 민들레가 된 기분이었다.

아무도 나를 신경 쓰지 않는다.

나는 누구에게도 인상을 남기지 못한다.

늘 있는 일이지만.

혹시나 하고 기대한 게 바보 같았다.

그만 돌아가야겠구나, 하고 마음먹었을 때 나에게 곧장 다가오는 사람이 있었다. 히나코에게 상장을 건네준 멋진 여성이다.

"야마구치 마코!"

그 사람이 내 이름을 불렀다. 그러고는 나를 고교생 브레인으로 스카우트했다. 담벼락 아래 핀 민들레에 스포트라이트가 비쳤을 뿐 아니라 꽃보라까지 날렸다. 우승은 놓쳤지만 당당히 고교생 브레인으로 뽑혔다. 하지만 이 사실을 엄마한테 말하지 않았다. 멀리 있는 아빠한테도 동생 미노루한테도. 엄마 아빠는 내가 학교 공부와 상관없는 일에 끼어드는 걸 좋아하지 않는다. 미노루는 입이 가벼우니까 들키지 않는 게 좋다. 게다가 아직 고교생 브레인이 정확히 뭘 하는 건지 잘 모르기도 했다. 언젠가 자랑하고 싶은 때가 오면 가슴을 펴고 말할 작정이었다.

더구나 엄마 아빠가 모르는 내가 있다는 것도 재미있었다.

보이지 않는 문이 열리고, 나는 반경 5킬로미터 세계 밖으로 뛰쳐나갔다.

브레인스토밍

6월 세 번째 수요일, 우리 고교생 브레인은 M에이전시 5층에 있는 전략기획실에 모였다. 외국계 광고 대행사 M에이전시의 본 사는 미국 뉴욕에 있다. 일본에 상륙한 것은 16년 전, 내가 태어난 해이다. 처음에는 스물네 명뿐인 작은 회사였지만 순조롭게 성장 해서 2년 전에는 사원 수가 세 자리가 되었고, 도쿄의 번화가 오 모테산도에 있는 빌딩으로 이사했다. 하라주쿠 라포레 쇼핑센터 에서 걸어서 3분, 즐비한 패션 빌딩 한쪽에 있는 5층짜리 건물을 통째로 빌려 쓴다.

전략기획실은 마케팅본부 전용 회의실이다. 회의가 있을 때 만 문을 따고 들어가 안에서 잠근다. 라이벌 회사에 비밀이 새어 나가지 않도록 하는 것이다. 광고 대행사는 아이디어가 상품이 니까.

교실의 4분의 1쯤 되는 정방형 방 한가운데에 이탈리아에서 직 수입한 모노톤의 둥근 탁자와 뼈대가 드러난 의자가 놓여 있다. 출입문 오른쪽 벽엔 화이트보드가, 반대쪽 벽엔 두꺼운 자료와 책 이 빼곡하게 들어찬 캐비닛이 있다. DVD를 재생할 수 있는 텔레 비전과 시디플레이어, 냉장고와 오븐 레인지도 한 대씩 놓여 있다. 출입문 정면에 보이는 벽은 천장에서 바닥까지 통유리로 되어 있어서 하라주쿠 거리를 한눈에 내려다볼 수 있다.

"난 사사키 미사오야. 어쩜 캐릭터가 하나도 안 겹치네!"

시부야 여고의 화려한 아이가 나와 히나코를 보고 말했다.

남자 친구가 없는 고교 2학년이라는 걸 빼고는 학교나 친구 관계, 취미가 모두 제각각이다. 내가 여기에 섞인 게 신기했다.

"시상식 때 보긴 했지만 다시 소개할게. 난 마케팅본부 어카운트 플래너(마케팅 전략가) 미하라야."

나를 스카우트한 멋진 여성이 자기소개를 했다. 턱선 길이로 가지런히 자른 생머리, 탄력 있게 위로 뻗은 속눈썹, 길고 모양 좋은 손톱에 반지르르한 빨간색 매니큐어, 체육관에 다니며 몸을 단련하는 듯 통 좁은 바지가 잘 어울린다. 어디를 봐도 빈틈이 없다. 나이는 삼십 대 중반쯤. 분명히 아무리 나이를 먹어도 아줌마가 되지는 않을 터이다.

미사오를 스카우트한 젊은 남성 사원은 미하라 씨의 부하 직원으로, 입사 6년째가 된 스물여덟 살 독신 다카쿠라 씨다. 별명은 겐(군셀 건健 자를 일본어로 겐이라고 발음하는데, 체격이 건장한 다카쿠라를 빗대었다). 세로로도 가로로도 커다란 몸은 180센티미터에 86킬로그램이나 나간다나! 천진난만한 둥근 얼굴에 머리에 까치집이 생기는 건 늘 있는 일이고, 성격은 마이페이스다. 클라이언트(광고를 맡긴 사람 혹은 기업) 앞에서도 긴장한 적이 없다고 하는데 배짱이 좋은 건지 둔한 건지 미하라 씨도 알 수 없단다.

히나코를 스카우트한 댄디한 남성은 미하라 씨와 겐 씨의 상사인 미쿠니 씨. 이목구비가 뚜렷해서 올백 머리도 징그럽지 않다. 시상식 때 양복을 입은 모습도 멋졌지만, 살짝 접어 올린 치노 팬츠와 나이키 운동화의 하늘색 끈을 자연스럽게 조화시킨 모습도 홀딱 반할 만큼 멋지다. 우리 아빠와 같은 마흔다섯 살이란 소리를 듣고 깜짝 놀랐다. 서른 살이라 해도 기꺼이 속아 줄 것 같다. 직함은 마케팅본부 전략기획실 실장이다. 전략기획실은 우리가 모인 방 이름이며, 직원이 미쿠니 씨와 미하라 씨와 겐 씨뿐인 작은 부서이기도 하다.

"우린 말이지, 선봉대야."

대장인 미쿠니 씨가 웃었다.

새로운 거래처와 새로운 제품에 참신한 아이디어로 먼저 쳐들어가는 것이 일이다.

"고교생 브레인 세 명은 정기적으로 전략기획실에 모여서 우리랑 브레인스토밍을 할 거야."

미하라 씨가 말했다.

브레인스토밍?

"브레인은 두뇌, 스토밍은 태풍을 일으킨다는 뜻. 직역하자면 뇌에 태풍을 일으키는 일이야."

부하 직원인 겐 씨가 해설해 준다.

"머릿속을 마구 휘저어서 한 사람 한 사람 머릿속에 묻혀 있는 아이디어의 씨앗을 파내. 그 씨앗을 엮어서 아이디어라는 꽃을 피우는 작업이야. 아무도 본 적 없는 꽃을 피우기 위해 너희를 고른 거지."

미하라 씨가 장난스럽게 웃었다.

'너희를 골랐다.'

미하라 씨는 아무렇지 않게 말했지만 선택받기보다는 밀려나는 데 익숙한 나는 그 말을 귓속에서 굴렸다. 히나코와 미사오라는 꽃다발에 섞인 민들레. 이 둘과 함께 내가 선택받았다는 게 아직도 믿기지 않았다.

첫 번째 브레인스토밍 과제는 사쿠라음료에서 새롭게 출시하는 캔 홍차 'THÉME'를 사고 싶게 만드는 경품 프로모션 기획이다. 실은 이 캔 홍차가 고교생 카피라이터 선발 대회 주제였다.

사쿠라음료에서 새롭게 출시하는 새로운 타입의 캔 홍차 ○○○은 천연 과즙으로 단맛을 낸 무설탕 차입니다. 은은하게 풍기는 과일향이 마음을 안정시켜 느긋한 시간을 맛볼 수 있습니다. 이러한 콘셉트를 바탕으로 제품의 네이밍과 슬로건을 지어 주세요.

네이밍은 이름 짓기다. 새로운 상품의 브랜드명 또는 새로운 회사나 그룹 등의 명칭을 결정하는 일이다. 슬로건은 상품이 주는 혜택이나 기업 철학 등을 짧고 기억하기 쉬운 소비자 언어로 표현한 문구다.

최종 심사에 오른 내 작품 네이밍은 '세피아'다. 과즙이 들어간 홍차라고 하길래 머릿속에서 딸기, 오렌지, 살구 같은 과일을 홍차에 넣어 섞어 보았더니, 조금 그리운 흑갈색 세피아 톤이 되었기 때문이다. 슬로건은 '그리움 새로움 과즙 향기'로 했다. 색을 상품 이름으로 쓴 것과 복고로 위치시킨 점이 좋은 평가를 받았다.

내 작품을 가로막고 선 것이 히나코의 카피다. 히나코는 이 캔 홍차에서 바다 저편의 냄새를 느꼈다. 프랑스 영화를 좋아하는 히나코는 홍차가 프랑스어로 THÉ라는 걸 알고 있었다. 그 애는 E 자 위에 작게 찍힌 점을 찻잎으로 디자인하면 좋을 거라고 생각했다. 그러고는 이 홍차를 마시면 어떤 기분이 들까 상상해 보았다. 부드러운 과일 향기에 감싸여 가장 나다운 내가 될 것 같은 기분이 든다. 영어로 ME가 번뜩 떠오른다. THE와 ME를 늘어놓고 보니 THEME, 테마가 된다. THÉME는 'THE ME'라고도 읽을 수 있어서 '이것이 나'라는 의미도 넣을 수 있다.

이런 식으로 확장되는 건 분명히 좋은 네이밍이라며, 그 앤 고개를 갸웃하고 웃었을 게 틀림없다. 나로 돌아가는 차. THÉME

라는 이름에 히나코는 '잘 돌아왔어, 나'라는 순박한 슬로건을 붙였다.

학교에 가는 데만 한 시간이 걸리는 히나코는 한 달에 책을 스무 권이나 읽는다. 즐겨 읽는 책은 사전이고, 특히 좋아하는 건 비슷한 말 사전과 8개 국어 사전(단어별로 8개 외국어를 늘어놓음)이라고 한다.

"무지개는 프랑스어로 아크 앙 시에르라고 해. 하늘의 아치라는 뜻이야."

그런 발견을 황홀한 눈으로 얘기해 준다. 이상한 애다. 세피아는 마지막까지 THÉME와 팽팽하게 겨뤘다고, 나중에 미하라 씨가 알려 주었다. 최종적으로는 사쿠라음료 홍보팀 담당자가 THÉME를 강하게 밀어서 히나코의 카피가 이겼다.

사쿠라음료는 전통 있는 기업으로 가뜩이나 낡아 빠졌다는 이미지를 가졌다. 거기에 세피아란 이름을 쓰면 더더욱 색이 바래 버리는 느낌이어서 젊음이 톡톡 튀는 이미지를 내고 싶다는 의견이었다. 최우수 작품으로 선택된 네이밍과 슬로건은 제품 포장에 인쇄되고 상품이 되어 전국에 선보인다.

어쩌면 내 카피가 그렇게 됐을지도 모른다……고 생각하면 가슴이 따끔거린다.

규칙

THÉME의 경품 프로모션 아이디어 개발이 나에게는 패자 부활전이나 마찬가지다. 네이밍과 슬로건은 히나코한테 졌지만 여기서 내 아이디어가 채용되면 비기는 거다. 아니, 역전할 수 있을지도 모른다.

"지금 가장 갖고 싶은 게 뭘까."

내 초조함은 나 몰라라 히나코는 생일 선물로 뭘 조를지 생각이라도 하는 듯이 천진한 모습을 보였다. 그런 여유, 난 흉내도 낼 수 없기에 괜히 더 분했다. 신은 어쩜 이렇게 불공평할까.

"제품 타깃은 너희 고교생이니까, 나라면 뭐에 낚일까를 생각하면 돼."

미쿠니 씨가 조언을 해 주어 내가 갖고 싶은 걸 떠올려 보았다. 하지만 라이벌 심리가 방해해서 순수하게 열여섯 여자아이 마음이 될 수 없었다. 어쨌든 뭔가 말해야 할 텐데, 초조해하고 있을 때였다.

"향수는 어떨까?"

히나코가 선수를 쳐 버렸다.

"향기로 이어진다. 과연."

미하라 씨가 나쁘지 않다는 반응을 보였다.

"천연 과즙 향을 작은 병에 가두어 액세서리로 쓸 수 있으면 귀엽다요."

히나코가 또다시 앞선다.

이런, 안 돼. 뭔가 말해야 하는데.

"하지만 주역은 과즙이 아니라 홍차잖아?"

죄송해요. 지금 히나코 발목을 잡았어요.

"규칙 1. 다른 사람 발언을 부정하지 않는다."

선언하듯이 미하라 씨가 말했다.

"브레인스토밍에는 규칙이 있어."

겐 씨가 그렇게 말하고 화이트보드에 규칙 네 개를 적었다.

브레인스토밍 규칙

1. 남의 발언을 부정하지 않는다.
2. 뭐든지 자유롭게 발언한다.
3. 발언의 질보다 양.
4. 남의 발언에 자기 생각을 더해서 새로운 아이디어를 낸다.

"브레인스토밍에서 나온 모든 얘기는 아이디어의 씨앗이야. 어떤 싹이 나와서 꽃을 피울지는 키워 보지 않으면 몰라. 시시해 보

이는 씨앗에서 재미있는 꽃이 피기도 하니까 아무튼 굴리고 이어
보는 거야."

미하라 씨가 정리했다.

"그럼 맘대로 얘기할게. 난 자동차."

"미사오, 안타깝게도 자동차는 선물할 수 없어."

"어? 남의 발언은 부정하지 않는 거 아니었어? 미하라 씨, 규칙
깼어."

"부정이 아니라 실현 불가능하단 거야. 이 캠페인은 소비자 현
상이라서 경표법에 걸리거든."

소비자 현상?

경표법?

우리 얼굴이 물음표가 되었다.

"경품표시법을 줄여서 경표법(우리나라는 소비자 현상 경품의 가액 및 총액
한도를 직접 규제하는 '경품고시'를 2016년 폐지했다). 세일즈 프로모션이 과열되
지 않게 제어하는 법률이야."

겐 씨가 해설해 주었다.

누구나 응모할 수 있는 게 공개 현상, 제품을 사거나 회원이 되
는 조건이 붙는 게 소비자 현상. 경품 최고액은 응모에 필요한 지
출 가격의 스무 배까지, 단 상한은 10만 엔으로 정해져 있다.

"120엔짜리 캔 홍차 다섯 개로 응모할 수 있는 캠페인이라면

600엔의 스무 배니까…… 1만 2,000엔?"

내가 재깍 계산에 나섰다.

"뭐야, 미니카밖에 못 사잖아! 그럼 전신 거울이라도 선물할까? 상품 테마는 자신이잖아."

미사오는 실망해서 무심결에 이렇게 내뱉었다.

"그거 좋은데! 상품에 잘 맞아!"

미하라 씨가 무릎을 탁 쳤다.

"하지만 거울은 평범하지 않아?"

아이디어를 내지 못한 나는 반쯤 억지를 부렸다. 마음속에서는 거울이 괜찮을지도 모른다고 속삭이지만, 어쨌든 버티고 본다.

"내 전신이 다 비치는 거울은 별로 없어."

미사오가 입을 삐죽 내밀었다. 우리 사이에는 신장 20센티미터 거리가 있다.

"프랑스 영화에 나오는 파리지엔 방에 있을 법한 거울이면 갖고 싶어!"

히나코 머릿속에는 나무향이 풍기는 자연스럽고 심플한 거울 이미지가 떠올랐다.

"좋잖아? 천연 과즙 홍차에 자연 나무."

미사오가 거들었다.

"거울의 나무틀에 THÉME라고 새기면 귀엽다요!"

귀엽다요, 예스다요, 기쁘다요, 슬프다요⋯⋯. 히나코어는 말 끝에 '다요'가 붙는 것이 특징이다.

"마코는 어때?"

미하라 씨가 거울에 찬성하지 못하는 나를 바라보았다.

"괜찮지 않아요? 전 얘들보다 거울 보는 걸 좋아하지 않지만."

조금 주눅 든 예스라는 대답. 뭐 히나코 아이디어가 아니니까 상관없나, 하는 얄팍한 생각도 들었다. 이렇게 첫 브레인스토밍 은 내가 나설 차례 없이 끝나고 말았다.

PROJECT 2.

리서치

첫 브레인스토밍을 끝내고 돌아갈 때 우리는 미하라 씨한테서 M에이전시 로고가 박힌 봉투를 받아 들고 '브레인스토밍 사례금' 이라고 쓰인 영수증에 사인을 했다. 외국계 회사라서 평소에도 회사 내 서류에는 도장을 쓰지 않는다. 봉투에는 1만 엔짜리 지폐가 한 장 들어 있다. 두 시간 아이디어를 낸 사례니까 시급 5,000엔인 셈이다.

"친구들한테는 비밀로 해 줘. 아무나 할 수 있는 일이 아니니까."

미하라 씨는 윙크로 못을 박고 말을 이었다.

"괜찮으면 다음 주 수요일에도 와 줄래?"

"당연하죠!"

우리는 한목소리로 말했다.

"클라이언트는 '치킨 더 치킨'이야."

"아아, 치키치키."

미사오가 어정쩡하다는 어조로 말했다. 치킨 더 치킨, 통칭 치키치키는 4월에 일본에 상륙한 미국의 숯불구이 패스트푸드 체인이다.

"대대적으로 광고를 했으니까 인지율, 말하자면 브랜드 지명도는 거의 백 퍼센트인데, 매출이 목표의 절반에도 못 미쳐."

미하라 씨는 그렇게 말하고 나서 진지한 표정을 지었다.

"아, 이런 건 비밀로 해 줘. 안 좋은 소문은 금방 퍼지니까."

"비밀이고 뭐고, 가게 텅텅 비었잖아."

미사오가 말했다.

"치킨 집에 나는 건 파리뿐."

히나코는 시라도 읊듯이 매정한 소리를 한다.

"그럼 어떤 가게여야 고객이 날아가고 싶겠니? 그게 다음 과제야."

미하라 씨는 새가 퍼덕퍼덕 날갯짓하는 흉내를 냈다.

일주일 뒤, 6월 네 번째 수요일. 우리 셋은 다시 M에이전시 전략기획실에 모였다. 두 번째 브레인스토밍 날까지 우리가 뭘 했는가 하면……. 나는 처음으로 치키치키 매장에 들어가 가장 맛있다는 치키치키 버거를 우물거리면서 가게 안을 지그시 관찰했다. 히나코는 인터넷에 떠도는 치키치키 관련 소문을 모았다. 미사오는 친구들에게 "치키치키 어떻게 생각해? 자주 가? 왜 안 가?" 하고 묻고 다녔다.

세 명에게 세 가지 보고를 듣고 난 미쿠니 씨가 얼굴을 빛냈다.

"두 손 들었어. 우린 아무 말도 안 했는데 리서치를 해 오다니."

리서치?

"조사 말이야. 이번 일은 아이디어를 내기 전에 문제점을 찾아내는 게 중요해. 그걸 위해 정보 수집을 알아서 하다니, 너희 정말 대단하다고!"

"나 진짜 생각할수록 사람 보는 눈이 있다니까."

겐 씨는 우리를 폭풍 칭찬하고, 미하라 씨는 우리를 점찍은 자신을 칭찬했다. 미하라 씨한테는 고교생 카피라이터 선발 대회가 고교생 브레인을 스카우트하기 위한 리서치였던 거다.

"그래서? 리서치해서 뭔가 알아냈니?"

"뭐가 문젠지는 잘 모르겠어요. 가게는 비었지만 밝은 분위기여서 마음도 편하고. 맛도 나쁘지 않고, 모두 남기지 않고 음식을 다 먹더라고요."

나는 치키치키에서 좋은 인상을 받은 터라 마치 성격 좋은 친구에게 "나쁜 점이 있으면 고칠게."라는 말을 듣고 당황하는 기분이었다.

"메뉴를 다시 짜면? 채식주의자용 메뉴를 늘리는…… 뭐 그런 거?"

내가 작게 중얼거리자 미사오가 지적했다.

"마코, 그런 말투 좀 그만둬. 꼬리가 이상하게 올라가면 자신 없어 보여."

꼬리?

"어미."

히나코가 바로잡았다.

"어미? 어미 내려서 말해."

미사오가 다시 고쳐 말했다.

"그렇지만 진짜로 자신 없는걸. 반 아이들이랑 이름 외우기 게임할 때 한 명씩 이름을 불러 가면 미사오는 맨 처음에 나올 타입이고, 히나코도 다섯 번 안에 나올 거고, 마지막까지 잊히는 게 나야."

"우아! 손해 보는 성격! 마코는 마코라고."

미사오가 얘기했다.

"모두 똑같으면 재미없어."

히나코였다.

그 말에 "맞아." 하고 미쿠니 씨가 맞장구쳤고 "어쨌든 브레인스토밍에서는." 하고 미하라 씨가 이었으며 겐 씨가 고개를 끄덕였다.

인사이트

"난 알았어. 답."

자신만만한 미사오에게 기대 어린 시선이 쏠렸다.

"치키치키에는 훈남이 없어. 이상."

나도 모르게 웃음을 터뜨렸다. 대담하지만 엉뚱한 미사오의 답변에 안심했다. 다행이다. 미사오도 답을 찾지 못했다.

"난 아주 진지해. 왜 치키치키에 안 가느냐고 물었더니, 애들이다 그러는 거야. 치키치키는 별로라고. 알바생이 별로니까 손님도 별로래. 그러니까 거꾸로 생각하면 될 거 같아. 훈남 훈녀가 알바를 하면 손님 레벨도 올라간다고."

"그럼 어떻게 모을 건데? 외모 기준을 높여서 시급도 올린다든가?"

나는 열띤 미사오에게 찬물을 끼얹었다. 그런데 대답한 건 미사오가 아니라 히나코였다.

"유니폼을 바꾸는 거야."

이번에는 모두의 눈이 물음표가 되어서 히나코를 바라보았다.

치키치키로 인터넷 검색을 하던 히나코는 '유니폼이 너무 촌스러워서 알바 관두고 싶어.'라는 글을 발견했다고 한다. 치키치키 유니폼은 미국과 똑같은 모스그린 상하의다. 남자는 착 달라붙는 바지에 여자는 길이가 어중간한 치마. 옛날 옛적 공무원 제복 같다. 시험 삼아서 치키치키 유니폼으로 검색한 결과, 불만과 험담은 있는 대로 다 나왔다.

"그걸 입으면 아무리 예쁜 애라도 못생겨 보인대."

"그렇구나. 유니폼이 걸림돌인가! 히나코의 가설은 한번 걸어 볼 가치가 있을지도 모르겠다."

잠자코 듣던 미쿠니 씨가 입을 열었다.

"그 유니폼을 입고 싶다는 마음은 훌륭한 지망 동기가 될 거야."

미쿠니 씨는 사립 고등학교 교복을 사례로 들었다. 인기 학교가 되려고 교복을 바꾸는 것이 한때 유행이었다. 유명 디자이너를 기용해서 십 대에게 먹히는 디자인으로 바꾸었더니 평균 점수가 올라간 학교도 있다. 덕분에 도쿄 사립학교 교복은 눈 깜짝할 사이에 멋지게 변했다.

"훈남이 없다는 미사오 말에는 인사이트가 있어."

인사이트?

미하라 씨의 외계 용어를 겐 씨가 곧 해설해 준다.

"인사이트는 직역하면 통찰이야. 소비자 의식의 깊은 곳이라고 할까, 본심. 그걸 잡는 게 마케팅의 기본이야."

"그럼 나머지는 세 패션 리더의 센스에 맡겨 볼까요?"

미하라 씨가 그렇게 말하자 전략기획실 어른들은 모두 듣는 역할로 바뀌었다.

"'대지의 맛을 홈메이드로'가 기업 슬로건이래."

이건 히나코가 치키치키 공식 사이트에서 건진 정보다.

"그러니까 색은 자연스러운 흙색인 어스 컬러가 좋을까?"

"그건 컨트리풍 가게에 어울릴지도."

나는 목재로 꾸민 벽과 테이블을 떠올렸다.

"남자랑 여자를 똑같은 유니폼으로 하면?"

미사오 의견이다.

예를 들면 일명 멜빵바지인 오버올. 깜찍하고 움직이기 편하고 크기 조정도 편하다.

"안에 입는 셔츠는 계절에 맞춰서 바꾸면 어때? 핼러윈이나 크리스마스 같은 때."

"계절 한정 좋은데. 디자인이 좋으면 팔릴지도 몰라."

내 제안에 히나코가 동의하고 나섰다.

"인기 아티스트나 일러스트레이터가 그림을 그려서 한정 판매해도 좋을지 몰라."

내가 말했다.

"그러면 디자인을 보여 주고 싶은걸. 셔츠를 밖으로 꺼내는 게 나을지도 모르겠어."

"그럼 오버올이 아니라 그냥 바지? 얘, 미사오! 듣고 있니?"

미사오는 입을 다문 채 종이 위에 열심히 펜을 굴렸다.

"촌스럽지 않고 컨트리 느낌은 있지만 세련된 거라니 좀 어려운데."

이렇게 중얼거리면서.

뭘 하나 하고 들여다본 나는 깜짝 놀랐다. 놀란 건 나만이 아니다. 전략기획실 안에 있는 사람 모두 미사오가 그림을 그리는 줄은 몰랐다. 미사오가 그린 유니폼 디자인은 보는 사람을 잡아끄는 힘이 있었다. 아름다운 그림이라면 뛰는 놈 위에 나는 놈이 있겠지만 기술보다는 힘이 느껴지는 그림이다. 무엇보다 '이런 유니폼이면 좋겠어.'라는 우리 생각을 잘 표현했다.

"치키치키다움이랑 요즘 느낌을 잘 반영한 유니폼이 됐네!"

겐 씨가 손뼉을 쳤다.

"이 디자인 채용되면 치키치키에서 알바할래!"

미사오는 반쯤 진심이었다.

"그것보다 우리 회사 크리에이티브팀(실질적으로 광고를 만드는 사람들이 모여 있어 제작팀이라고도 한다)에서 알바할 수 있겠는데!"

미하라 씨가 진지한 표정을 지었다.

"미사오 그럼, 이대로 클라이언트한테 가져가 볼까?"

"어? 그러면 깔끔하게 다시 그릴래!"

미사오는 허둥거렸지만 그 말은 받아들여지지 않았다. 막 아이디어가 떠올랐을 때의 시즐감이 중요하다고 했다. 겐 씨 말로는 '기세나 열기 같은, 막 생겨서 따끈따끈한 현장감 같은 것'이다. 청량음료에서 슉 하며 솟는 거품이나 갓 구운 피자의 치즈가 주룩 녹는 느낌을 표현하는 말이라고 한다.

유니폼으로 기업 이미지를 높이자는 M에이전시의 제안은 치키치키 홍보팀에서 크게 호평받았다. 계절마다 셔츠 디자인을 바꾼다는 아이디어도 재미있어 했다. 다만, 매번 유명한 작가를 기용하기에는 예산이 모자라 디자인 공모를 하기로 했다. 상금은 주지 못하지만 전국에 있는 치키치키 매장이 작품 전시장이 된다. 아직 이름이 알려지지 않았지만 재능 있는 작가가 응모해 준다면 서로가 해피! 담당자 선에서는 '미국 본사의 허가를 받고 추가 예산이 나오면 당장이라도 실행하고 싶다'며 크게 환영하는 모양이다.

THÉME의 전신 거울은 디자인이 결정되어 샘플이 나왔다. 보통 이런 상품에는 회사 이름이 들어가지만 우리는 사쿠라음료라고 쓰여 있으면 창피해서 싫다고 주장했다. 그런 의견이 받아들여져서 회사 이름은 거울에서 뺐다.

"우리가 입에서 단내 나도록 얘기해도 클라이언트는 아예 들을 생각을 하지도 않았는데 말이야. 타깃인 너희 얘기는 단박에 듣네."

미쿠니 씨가 진지하게 말한 게 인상적이었다.

초콜릿

캠페인

후아암!

참고 있던 하품이 드디어 터졌다. 나는 허둥거리며 손으로 입을 가리고 주위를 흘끗거렸다. 아무도 보지 않았기를.

"마코, 졸리니?"

미쿠니 씨가 천장을 노려본 채 말을 걸었다. 위를 쳐다보고 있으면서 어떻게 내가 하품하는 걸 봤을까?

"아뇨, 안 졸려요."

나는 탁자 한가운데에 쌓인 A4 용지를 한 장 집어서 '테이크 어 초코, 판매 폭발 작전'이라고 썼다. 그러고는 한숨을 한 번 내쉬었다.

7월 첫 번째 수요일, 오후 7시를 지났다. 5시에 전략기획실에 들어왔을 때 밖은 아직 환했다.

세 번째 브레인스토밍 과제는 그레코제과에서 10월 1일에 출시하는 초콜릿 '테이크 어 초코'의 판매를 폭발적으로 히트시키는 세일즈 캠페인 개발이다. 캔 홍차 THÉME 때는 경품 프로모션 개발이었지만 이번에는 신제품과 연동시켜 '잘 팔리는 방안'을 제안해야 한다.

"이미지 캐릭터에는 클라이언트 지명으로 가수 TAKE를 기용하기로 했어. 영어로는 테이크라고 읽을 수도 있으니까. 테이크 어 초코랑 연결 지어서 재미있는 걸 할 수 없을까?"

미쿠니 씨한테 설명을 듣고 우리는 술렁거렸다. 가요 히트 차트 톱3를 독점해 버리는 TAKE. 작사 작곡은 물론 프로듀싱까지 모든 걸 혼자 해내는 스물두 살. 피가 끓는 듯한 업비트부터 눈물이 멈추지 않는 발라드까지 어떤 노래에도 마법의 자력을 휘감아 버리는 은색 목소리의 소유자. 여성 팬이 압도적으로 많지만 노래방에서는 이성에게 잘 보이고 싶은 남자애들이 앞다퉈 그의 노래를 부른다. 좀처럼 시디를 사지 않는 나도 TAKE의 앨범만은 한 장 가지고 있다.

"TAKE면 뭘 해도 화제가 될 거야. 콘서트 무료 초대라든가."

"TAKE 사인이 들어간 선물."

"TAKE 자필 악보 갖고 싶어!"

"TAKE가 녹음한 자장가. 아, 흥분해서 못 잘까?"

"TAKE랑 둘이 사진 찍어 주는 건? 유명 포토그래퍼가."

"TAKE가 날 위한 노래를 만들어 준다면 끝내줄 거야!"

우리는 떠오르는 대로 아이디어를 내뱉었다.

세 명의 어른은 "과연!", "그렇지.", "아아." 하고 맞장구를 칠 뿐 우리 대화에 끼어들지 않았다. 한 시간쯤 지나자 화이트보드는 아이디어로 가득 찼다.

"쓸 만한 거 있어요?"

히나코가 걱정스레 미쿠니 씨 얼굴을 살폈다.

"이만큼이나 나왔으니 있겠지."

미사오가 자신 있게 말했다.

"음, 개수는 많은데."

미쿠니 씨가 팔짱을 낀 채 신음했다.

"이길 수 있는 아이디어가 없어."

이길 수 있는 아이디어?

"말 안 했지? 이거 경쟁 피티야."

"파티?"라고 미사오가 묻자 "피티!"라고 정정한다.

외국계라서 그런지 M에이전시 사람들 말은 영어투성이다. 거래처는 클라이언트, 소비자는 컨슈머, 제작은 크리에이티브, 전략은 스트래티지. 전략기획실은 스트래티지 플래닝 디비전이라고 하는데 아무래도 너무 길어서 국어를 쓴다. 여러 개의 광고 시안 중 추천안은 레커멘데이션, 대안은 얼터너티브.

"이건 클라이언트가 오티에서 제시한 거야."

이처럼 사무실 안에서 오가는 말 대부분이 영어일 때도 있다.

"오티는 오리엔테이션(orientation)의 약자로 클라이언트가 광고할 제품의 특성과 타깃, 예산, 매체, 캠페인 기간 등을 경쟁 피티에 참여한 광고 대행사를 초대해 설명하는 자리야. 이 오리엔테이션에서 제기된 클라이언트의 문제에 해결책을 제시하는 게 프레젠테이션이라고 할 수 있지."

통역하는 건 겐 씨 역할이다.

"그러니까 방향을 먼저 제시해 주는 거네요."

알아듣는 건 히나코뿐이다.

"으악, 영어 성적 오를 거 같아!"

미사오랑 나는 눈이 팽팽 돌아간다.

피티는 프레젠테이션(presentation)의 약자로 각 대행사가 준비한 신제품 마케팅 전략이나 캠페인 기획안을 클라이언트에게 발표하는 것을 말하는 거였다.

"몇 개 광고 대행사가 경쟁을 해서 그중 가장 좋은 아이디어를 낸 곳이 클라이언트에게 선택받는 거니까. 참여한다고 해서 무조건 우리가 되는 게 아니야."

겐 씨 설명은 쉬워서 뜻이 머리에 쏙쏙 들어온다. 학교에 이런 선생님이 있으면 좋을 텐데.

"이번에는 세 개 회사가 겨루는 경쟁 피티야. 광고 업계에서 가장 큰 회사랑 2위랑, 훌쩍 건너뛰어서 M에이전시."

"고질라 대 모스라 대 가면라이더 같은 느낌이네요."

미하라 씨 말에 겐 씨가 이렇게 대꾸했다.

"뭐야, 그 비유는?"

미하라 씨가 딴죽을 걸었다.

"회사 덩치로 봐서 그렇달까."

M에이전시가 단연코 약소 회사라는 말이다.

"큰 광고 대행사는 수익을 무시하고 디스카운트하려 들 거야. 견적만 갖고 비교하면 우리가 압도적으로 불리해."

미쿠니 씨는 '압도적'에 힘을 주었다.

화제가 되는 캠페인 작업을 하면 광고 대행사 이름을 알릴 수도 있어서 모두가 아슬아슬하게 적자만 면할 견적을 낸다. 커미션이라고 불리는 대행 수수료 비율을 낮추거나, 미디어를 얹어 주기도 한다. 텔레비전 광고를 몇 개 무료로 해 준다든가 잡지 광고를 몇 군데 무료로 한다든가 하는데 그것만으로도 몇 백만 몇 천만짜리 서비스가 된다.

"우리는 아이디어 승부야."

미하라 씨가 스스로 다짐하듯이 말하고 나서 우리를 바라보았다.

"그러니까 누구도 생각지 못할 만큼 빼어난 게 필요해."

"지금까지 너희가 낸 아이디어는 이미 우리도 얘기했던 거야."

겐 씨가 덧붙였다.

"그러면 빨리 말해 주지 그랬어요."

나는 조금 발끈했다. 피로가 확 몰려왔다.

"마코. 일시적인 위안일지 모르지만 아이디어는 백 개 넘어서부터라는 말이 있어. 더 이상 안 나온다고 생각한 다음에 계속 짜내다 보면 생각지도 못한 좋은 게 나오기도 하거든."

겐 씨, 우리는 마요네즈가 아니에요.

"아아, 초코보다 뇌가 먼저 녹아 버리겠어."

"자, 좀 더 힘내."

자포자기한 미사오에게 겐 씨가 두 손을 모아 보였다.

"비싼 대가를 치르게 될 거야."

미사오가 이렇게 말하며 윙크를 보내자 회의실 공기가 조금 부드러워졌다.

돌파구

"좋아. 특별히 테이크 어 초코를 먹게 해 줄게."

미쿠니 씨가 냉장고에서 작은 은색 꾸러미를 꺼내 왔다.

"경쟁 피티에 참가하는 회사마다 하나씩 클라이언트가 보내 준 귀중한 샘플이야. 너희가 이걸 우리나라에서 처음으로 맛보는 고교생이라고."

"그러면 미안하잖아요."

"난 별로······."

"전 괜찮아요."

우리는 나름대로 사양하는 시늉을 했지만 설득력이 없었다. 머리를 너무 썼는지 단것이 당겼다. 더구나 아무도 모르는 미지의 맛! 그 유혹을 뿌리칠 수가 없다. 기대로 눈이 반짝거린다.

"이 초콜릿으로 너희 머리가 고속 회전을 해서 좋은 아이디어가 나온다면 남는 장사지."

미쿠니 씨가 그렇게 말하며 세 개로 쪼갠 초콜릿을 우리 손바닥 위에 하나씩 올려놓았다.

"자, 겐 씨도!"

미사오가 자기 걸 반 잘라서 겐 씨에게 내밀었다.

그걸 본 히나코가 미쿠니 씨에게 반, 나는 미하라 씨에게 반을 나눠 주었다. 미사오가 말하지 않았으면 분명히 나 혼자 다 먹었을 거다. 난 눈치가 없으니까. 테이크 어 초코는 한입에 사라졌다. 생크림이 듬뿍 들어 맛이 진한데도 놀랄 만큼 입안에서 살살 녹았다. 한순간 초콜릿이 녹는 건지 입안이 녹는 건지 헷갈릴 정도였다. 밀려드는 달콤함에 얼굴 근육이 스르륵 풀려 버린다. 중독될 것 같은 황홀한 맛이다.

"할 맘 생겼어?"

미하라 씨가 나에게 눈을 찡긋했다. 먹을 것에 약한 성격을 완전히 간파당했다. 히나코와 미사오도 해 보자는 표정이다. 겐 씨가 잠을 깨라고 커피를 타 주었다. 우리는 아이디어 회의를 다시 시작했다.

"테이크 어 초코랑 똑같이 생긴 침대를 만드는 거예요. 매트리스가 초콜릿이고 이불이 포장지. 당연히 TAKE 사인이 들어간 거요."

내가 먼저 얘길 꺼냈다.

"TAKE가 배달해 주면 기쁘다요."

히나코가 이어받았다.

"재밌네. 그 기세로 계속해 봐."

"생일에 TAKE가 와 주는 건 어때?"

미쿠니 씨가 띄워 주자 미사오가 입을 열었다.

"생일 축하 노래 불러 주는 거야? 기쁘다요."

"테이크 어 초코 1년 치를 들고."

내가 덧붙였다.

활기를 띠자 미쿠니 씨가 끼어들었다.

"하지만 엄청 잘나가는 스타니까 당선자 한 명 생일만 해도 스케줄 조정하는 게 큰일이야. 더구나 천 명 단위가 되면 불가능해."

단숨에 이야기가 시들해진다.

"살아 있는 TAKE를 만날 수 있는 건 확실히 핵심이 될 거야. 다만, 그를 잡아 둘 수 있는 건 기껏해야 하루야. 그런 제약 속에서 무얼 하면 가장 응모하고 싶겠니?"

미하라 씨의 조력에 힘을 얻어 또다시 생각을 고친다.

"TAKE랑 가는 디즈니랜드."

"다른 손님도 있고 디즈니랜드를 전세라도 내지 않는 한 무리 아니야?"

이번엔 미사오가 내 말을 받았다.

"그럼 온천 여행은?"

"목욕탕은 따로 들어가는 거지? TAKE는 남자니까."

"음, 초콜릿이랑 안 어울릴지도."

히나코가 받았다.

"그래, 새로운 걸 깨달았구나. 상품과 어울리는 것도 중요해. 테이크 어 초코랑 잘 연결되는 기획이 힘을 갖지."

미쿠니 씨가 화이트보드 앞으로 가서 힘 있는 글씨로 썼다.

· 테이크 어 초코라서 할 수 있는 것.
· TAKE라서 할 수 있는 것.
· M에이전시라서 할 수 있는 것.

"이 세 가지를 클리어하면 경쟁 피티에 이길 수 있어."

화이트보드를 톡톡 두드리면서 미쿠니 씨가 그렇게 말했을 때가 6시 반이었다. 목표가 확실해지자 우리는 막다른 길에 부딪혔다. 그리고 누군가의 손목시계에서 짧은 전자음이 7시를 알렸고 내가 하품을 쩍 했다. 하지만 테이크 어 초코를 폭발적으로 판매할 아이디어는 나오지 않았다.

"오늘은 이제 무리이려나? 나중에라도 생각나면 연락해 줄래?"

미하라 씨가 의자에서 일어나려 할 때 죽은 듯이 탁자 위에 엎어져 있던 히나코가 고개를 들고 말했다.

"위위워와 초콜릿 팩토리."

이렇게 들렸다.

"히나코, 무슨 잠꼬대야?"

"잠꼬대 아니야, 마코. 〈윌리 웡카와 초콜릿 공장〉 몰라?"

나는 고개를 흔들었다. 다른 사람들도 고개를 갸웃하며 서로를 쳐다보았다.

"초등학교 때 본 옛날 영화인데, 어떤 초콜릿 회사가 당첨 초코를 다섯 개만 만들어. 당첨된 사람은 아무도 들어간 적 없는 비밀 공장을 견학할 수 있어. 그래서 모두 눈에 불을 켜고 초코를 사."

어디선가 들은 것 같은데.

"같은 걸 테이크 어 초코로 하면 재밌지 않을까? TAKE가 당첨 자를 초콜릿 공장에 초대하는 거야."

그 말을 듣자 기억이 났다.

"그거 《찰리와 초콜릿 공장》이잖아!"

나도 모르게 소리쳤다. 초등학생 때 이웃 사는 언니네 집에 있던 그림책이다. 공장 안에 감춰진 비밀에 두근거리면서 몇 번이나 그 책을 읽고 또 읽었던가.

"영화가 있는 줄은 몰랐어!"

나는 벌떡 일어서서 히나코의 손을 잡았다. 비슷한 시기에 서로 다른 형태로 히나코와 나는 같은 이야기에 빠져 있었다.

"있잖아. TAKE랑 초콜릿 공장 견학하는 거 괜찮지 않니?"

히나코는 감격해서 눈이 그렁그렁했는데 그러면서도 일을 잊지 않는다.

"좋아! 꿈이 있고 달콤하고! 그거 하자!"

나는 붙잡은 히나코의 손을 휙휙 흔들면서 말했다.

"어때요, 미쿠니 씨?"

돌아보니 어른들과 미사오는 기가 눌려서 넋이 나갔다.

"공장은 시큐리티 대책을 세우기도 쉽겠어."

미쿠니 씨가 이렇게 말하며 미하라 씨를 보았다.

"그렇네요. 굳히기가 필요하지만요.

굳히기?

"TAKE의 스케줄을 맞출 수 있을지, 그레코제과 초콜릿 공장을 어떤 식으로 견학할 수 있는지, 예산은 얼마나 드는지, 여러 가지로 조사해서 실현 가능한지 확인해야 해. 아이디어만 그럴듯하고 실속이 없으면 안 되니까."

빙긋 웃는 겐 씨는 커다란 테디 베어 인형처럼 보였다.

컨피덴셜

네 번째 브레인스토밍에서 겐 씨한테 테이크 어 초코 경과보고를 받았다.

"TAKE가 소속된 기획사에 문의했더니 초콜릿 공장 투어를 반기더라. 그쪽에서 먼저 밸런타인데이에 하는 게 어떠냐고 했어."

나랑 히나코는 소리를 지르며 서로 덥석 안았다. 간접적이지만 TAKE한테 우리 이야기가 전해졌다. 마음이 가 닿았다. 평범한 고교생이 생각한 걸 스타가 재미있어 해 주었다.

"그래서 당장에 TAKE의 밸런타인데이 스케줄을 확보했어. 그 레코제과 공장에도 당일 일정을 잡아 뒀고."

두근, 내 심장이 뛰었다.

"더구나 TAKE는 CM송 제목을 '초콜릿 팩토리'로 할 생각도 있대. 〈윌리 윙카와 초콜릿 공장〉 이야기를 듣더니 상상력을 자극받은 모양이야."

히나코가 나를 쳐다보았다. 그렁거리는 눈이 "잘됐어."라고 말하는 듯했다.

"이런 사정도 고려해서 '밸런타인데이 위드 TAKE' 캠페인을 클라이언트한테 프레젠테이션하고 왔어."

겐 씨가 프레젠테이션에 사용한 TV-CF 스토리보드 복사본을 보여 주었다. 스토리보드는 광고 내용을 쉽게 이해할 수 있도록 주요 장면을 그림으로 표현한 것이다. 세로로 긴 A3 용지 가운데에 일러스트 여덟 개가 늘어서 있고 일러스트 왼쪽에 '초콜릿 바다와 TAKE의 클로즈업'이라는 글씨가, 오른쪽에 내레이션이 들어가 있다.

"콩글레츄레이션?"

오른쪽 위 눈에 띄는 곳에 스탬프로 찍은 CONFIDENTIAL을 미사오가 읽었다.

"컨피덴셜."

히나코가 바로잡았다.

"무슨 뜻이야?"

"비밀."

"쪼잔하게 굴지 말고 가르쳐 줘."

"컨피덴셜이 비밀이란 뜻이야. 그러니까 외부에 비밀로 하잔 얘기지. 그걸 대외비라고 해."

히나코가 못 말린다는 듯 말하자 그제야 미사오는 납득했다.

"콩글레츄레이션이 되면 좋겠다. 빠르면 7월 안에 답이 올 거야."

겐 씨가 자연스럽게 미사오를 감쌌다.

이날 브레인스토밍은 다른 부서가 개발하는 캠페인에 대해 의견과 감상을 말하는 것이었다. TV-CF 스토리보드를 보고 어느 버전이 좋은지 후보 연예인은 누가 좋은지 그 밖에 어떤 연예인이 잘 어울리는지와 같은 얘기를 나눴다.

"남이 생각한 거에 맘대로 말만 하는 거 엄청 편하네!"

미사오 말대로다.

뇌에 태풍을 일으키는 브레인스토밍에 비하면 훨씬 편하다. 산들바람 수준이다. 평소와 같은 수고비를 받는 게 미안할 정도다.

"프레젠테이션할 때 현역 여고생한테도 의견을 들었다고 하니까 클라이언트한테 설득력이 있었어."

"더구나 사내에도 고교생 브레인의 존재를 어필할 수 있고."

겐 씨 말을 미하라 씨가 잇는다. 고교생 브레인을 채용하자고 한 건 미하라 씨인 모양이다. 그래서인지 남보다 배는 애착이 있는 것 같다.

"그러고 보니 지난번에 집에 갈 때 이상한 사람이 말을 걸어왔어."

브레인스토밍을 마치고 전략기획실을 나설 때 미사오가 때마침 생각난 듯 말했다.

"샐러리맨 같은 사람이 차 마시지 않겠느냐고 해서 꼬시는 줄 알았는데 저 빌딩에서 뭘 하고 왔냐고 자꾸만 묻더라."

"그거 스파이 아니야?"

나는 대뜸 이렇게 말했다.

라이벌 회사의 정보를 캐내려는 움직임이 있다 해도 이상할 게 없다. 몰래 숨어들어서 서류를 훔치거나 쓰레기통을 뒤진다. 그런 탐정 같은 짓은 영화나 드라마에만 있는 이야기가 아닌 모양이다. 청소원인 척하고 라이벌 회사에 숨어든 디자이너가 있는데, 모은 종잇조각을 가지런히 맞추다가 정체를 들켰다는 거짓말 같은 이야기도 들린다.

"나도 그런 생각이 들어서 먹비 의무가 있다며 차갑게 떼 버렸어."

먹비 의무?

"처음 여기 왔을 때 서류에 사인했잖아? 전략기획실에서 한 얘기는 아무한테도 말하지 않겠습니다, 비밀을 지키겠습니다, 하고."

"그건 묵비 의무."

미하라 씨가 웃음을 터뜨렸다.

"그치만 먹물이라고 할 때 그 먹 자를 쓰잖아?"

"침묵 할 때의 묵이야."

겐 씨도 쓴웃음을 지었다.

"그렇지만 암말도 안 했으니까 칭찬해 줘!"

미사오가 발끈하자 미쿠니 씨가 진지한 얼굴로 말했다.

"아니, 목적은 미사오일지도 몰라. 눈부신 활약을 하는 고교생 브레인은 위협적이니까. 너를 정찰하러 온 게 아닐까?"

"얼마나 머리 좋은 앤가 했더니 먹비 의무라네. 국어 능력 낮은 건 컨피덴셜로 해 줘."

미쿠니 씨의 독설에서 도망치듯이 우리는 방을 나왔다.

"스파이 조심해서 돌아가."

겐 씨가 걱정스러운 듯 배웅했다.

PROJECT 4.

휴대 전화

론칭

여름 방학 첫 번째 수요일. 다섯 번째 브레인스토밍은 아침 일찍 시작하기로 했다. 여기서 아침 일찍은 M에이전시가 업무를 시작하는 오전 9시 반이고, 오후 일찍은 점심시간이 끝나는 오후 1시를 말한다. M에이전시 빌딩 앞에서 만난 우리 셋은 서로가 처음인 사복 차림을 뜯어보느라 소란을 떨었다. 카피라이터 선발 대회 시상식 때부터 교복 차림밖에 보지 못했기 때문이다.

미사오는 민소매 셔츠에 핫팬츠 차림으로 피부의 90퍼센트 정도가 드러나 있었다. 히나코는 심플한 단색 원피스다. 둘 다 바탕이 좋아서 뭘 입어도 어울린다. 나는 의기충천해서 멋을 부렸는데, 이건 자신 없다는 증거일 뿐이다. 그래도 "마코 센스 좋다.", "겹레이스 귀엽다요."라고 칭찬받자 조금 으쓱했다. 시계를 보니

9시 반을 넘었다. 현관으로 뛰어 들어가 전략기획실까지 전력 질주했다.

"10분 지각이야!"

미하라 씨가 한소리 했다.

"알바비에서 깎으세요."

미사오가 맞받아쳤다.

"기다린 10분을 돌려줘."

미하라 씨는 지지 않았다.

"우리의 10분은 용돈 정도로 살 수 없어. 약속 시간을 지키는 건 최소한의 매너야. 기다리게 할 거면 먼저 전화해."

"죄송해요."

우리는 풀이 죽은 채 머리를 숙였다. '걱정 마.'라고 겐 씨가 표정으로 전했다.

"뭐, 너희 일은 그냥 앉아 있다고 해서 되는 게 아니야. 아이디어가 나오지 않으면 의미가 없어. 브레인은 두뇌니까."

그렇게 말한 건 미쿠니 씨다.

"돌려줄 거면 아이디어로 돌려줘."

미하라 씨가 이야기를 마무리했다.

"그러면 오늘의 과제."

미쿠니 씨가 애용하는 007 가방을 둥근 탁자 위에 올려놓았다. 우리가 보는 가운데 천천히 뚜껑을 연다. 뭔가 중요한 기업 비밀이 숨겨져 있을 것 같은 예감이 들었다. 드디어 그가 꺼낸 '그것'은 한손에 쏙 들어가는 크기였다.

"뭐야, 휴대 전화잖아. 더구나 본인 거고."

미사오는 골탕 먹었다는 표정이다.

"상대의 관심을 끄는 것도 프레젠테이션 테크닉이니까. 오늘 과제는 보는 대로 휴대 전화야."

미쿠니 씨는 자유의 여신상 같은 자세로 휴대 전화를 치켜들고 우리를 둘러보았다.

"유로폰이라고 하는 영국 휴대 전화 회사가 일본 론칭을 생각하고 있어."

"론칭이란 건 시작, 즉 일본 시장에 들어오는 걸 말해."

우리 교육 담당인 겐 씨가 보충했다.

"타깃은 너희 고교생이야."

미쿠니 씨가 말을 이었다.

"이삼십 대를 붙잡기보다 십 대를 잡아 두는 게 두고두고 비즈니스 찬스가 생길 거라는 전략이지."

"휴대 전화는 이제 카메라가 됐어. 또 텔레비전이 됐고 게임도할 수 있어. 그러면 또 뭘 할 수 있을지 생각해 보자."

"그러니까 새로운 기능을 생각해 내면 되는 거네요?"

히나코가 물었다.

"지금 있는 기능을 써서 이런 일을 할 수 있다, 그런 새로운 놀이법도 좋아."

"맡겨 둬. 휴대 전화는 내 일부나 마찬가지니까."

미사오가 몸을 내밀었다.

"휴대 전화로 뭘 하면 재미있을까?"

히나코는 벌써 자기 휴대 전화를 만지작거리면서 머리를 회전시킨다.

나는 의자에 등을 붙이고 가만히 앉아 있었다. 어쩐지 기가 죽었다. 나는 휴대 전화가 없으니까. 탈선과 비행은 휴대 전화에서 시작된다고 엄마 아빠는 굳게 믿었다. 만약 그렇다면 온 나라가 문제아 투성이일 것이다. 휴대 전화를 갖지 못해서 비뚤어지는 경우도 있을 테고. 캔 홍차와 패스트푸드와 초콜릿은 잘 알지만 나에게 휴대 전화는 너무 먼 상품이다. 써 본 적 없는 상품의 용도를 생각하는 건 어렵다.

이럴 때는 잡지 발상법이 나올 차례다. 잡지 발상법은 M에이전시의 신입 카피라이터인 아리마 마리아 씨한테 배웠다. 카피라이터 선발 대회 시상식에서 알게 된 마리아 씨는 삿포로에서 대학을 나와 올해 막 크리에이티브팀에 배속되었다. 패션 잡지 독자 모델을 모아 놓은 것처럼 미인 사원만 가득해서 주눅이 든 나는 작은 체구에 동안인 마리아 씨를 보고 안심했다.

실례되는 얘기지만 장미원에 잘못 피어난 민들레 동료를 찾은 느낌이었다. 앞에서부터 읽든 뒤에서부터 읽든 아리마 마리아. 명함을 받아 본 순간 이 사실을 깨달았지만 이 말을 해도 좋을지 어떨지 망설이고 있었다.

"웃기는 이름이지?"

화장기 없는 둥근 얼굴에 웃음이 떠올랐다. 마리아 씨가 태어난 해에 아리마 집안 연하장에는 '앞에서부터 읽든 뒤에서부터 읽든 아리마 마리아.'라고 인쇄되어 있었다 하니 마리아 씨의 부모님은 확신범이다.

"어릴 때는 남자애들이 자꾸 놀려서 부모님을 원망하기도 했지만 덕분에 이렇게 카피라이터가 될 수 있었어."

기러기나 일요일이 남 일 같지 않던 마리아 씨는 철든 뒤부터 '거꾸로 된 말'을 모았다. 그 수집품은 조금씩 수준이 높아졌고 마리아 씨는 말놀이의 재미에 눈떴다.

"마코 정도 나이 때는 이런 걸 만들었어. 자꾸만 꿈만 꾸자."

마리아 씨는 말의 서랍을 점점 늘려서 말을 업으로 하는 사람이 되었다.

"장래에 어떤 직업을 갖든 서랍을 많이 갖는 건 도움이 돼."

그러면서 추천해 준 훈련법이 잡지 발상법이다.

"선배 크리에이티브 디렉터한테 배웠는데, 잡지를 휘리릭 넘기다가 펼쳐진 페이지에 상품을 놓아 보는 거야."

화장품 병, 음료수 캔, 과자 포장지. 자동차처럼 상품이 큰 경우에는 실물 대신 사진을 놓는다. 사막에 화장수가 놓이면 궁극의 보습 표현이 된다는 걸 깨닫기도 하고, 하늘을 나는 껌을 보고 상쾌함을 재미있게 표현하는 방법을 떠올리기도 하고, 케이크와 자동차가 나란히 놓인 모습에서는 뜻밖에도 그림이 된다는 걸 발견하기도 한다.

"껌에 날개가 돋거나 자동차를 디저트 접시에 올려놓거나, 머리로 생각만 해서는 떠오르지 않는 발상이 튀어나와."

마리아 씨는 실제로 이 방법을 써서 날마다 카피의 돌파구를 찾는다. 나도 언젠가는 해 보리라 생각했는데, 아무래도 지금이 그때인 것 같다. 나는 자료가 빼곡히 들어찬 캐비닛에서 패션 잡지를 한 권 꺼냈다. 펼쳐진 페이지 위에 미쿠니 씨한테 빌린 휴대 전화를 올려놓았다.

동물원과 휴대 전화.

"우리 안에서 도움을 요청한다."

좀 다른가? 다음 페이지.

남쪽 섬과 휴대 전화.

"무인도에서 도움을 요청한다."

"왜 도움만 요청해?"

미사오가 웃음을 터뜨렸다.

"아 참, 마코. 휴대 전화 없지?"

히나코가 내 핀트가 어긋난 이유를 짐작했다.

"뭐야. 어쩐지 오늘은 마코가 꿔다 논 보릿자루 같다 싶었어."

미하라 씨가 일어나서 캐비닛 아랫쪽 서랍을 뒤적거렸다.

"지난번에 다른 프로젝트에 쓰려고 산 건데 마침 한 대 남아 있었어."

그러면서 새 휴대 전화와 사용 설명서를 내밀었다.

"자, 숙제."

인스피레이션

교과서든 참고서든 10분이면 질려 버리는 내게 이런 끈기가 있다니! 집에 돌아온 나는 휴대 전화와 사용 설명서를 상대로 격투 중이었다. 두께 2센티미터, 빼곡한 영어. 온통 알 수 없는 단어투성이지만 미사오와 히나코를 따라잡고 싶어서 죽어라 사전을 뒤졌다. 지금 이대로는 브레인스토밍이란 링에 올라갈 수 없다. 하릴없이 손가락 빨며 구경만 하는 건 싫다.

"야근 수당은 못 주는데?"

겐 씨는 숙제를 해야 하는 나를 동정했지만, 나는 미하라 씨가 기회를 주었다고 생각했다. 서랍을 늘림으로써 인스피레이션, 즉 영감은 작동하기 쉬워진다. 천재가 아닌 나에게도 기회는 있다.

"어, 마코, 웬 휴대 전화야?"

놀라서 돌아보니 남동생 미노루가 서 있었다.

"멋대로 남의 방에 들어오지 마."

"대답이나 해. 왜 네가 휴대 전화를 갖고 있어?"

미노루는 중학교 1학년인 주제에 아주 건방지다. 누나 이름을 막 부르는 데다가 너나들이다.

"엄마한텐 비밀이야."

고교생 브레인을 한다는 건 부모님한테 말하지 않았다. 아직 들키지도 않았을 터이다.

"그럼 보여 줘!"

미노루는 내 손에서 휴대 전화를 낚아채더니 버튼을 만지작거렸다.

"망가뜨리면 안 돼. 빌린 거니까."

"누구한테?"

"비밀이야."

"남자지?"

"시끄러!"

바보 같은 소리를 지껄이면서도 미노루는 거침없이 손가락을 놀려 찰칵하고 내 사진을 찍었다.

"화내면 커다란 콧등에 주름 잡혀! 보라고."

"우앗! 지워!"

"'화난 마코' 저장 완료."

어디서 배웠는지 사진에 이름까지 붙였다.

"아 쫌! 이거 어떻게 지우는 거야?"

"큰 소리 내면 날아올 거야. 훨씬 시끄러운 게."

미노루가 턱으로 부엌을 가리켰다. 완전히 내 약점을 쥐고 있다.

"와, 이거 바코드 읽을 수 있네!"

"나도 알아. 명함에 바코드를 넣으면 이름이나 전화번호나 이메일 주소 같은 걸 입력하느라 애쓰지 않아도 돼."

방금 설명서에서 읽은 내용이다.

"겨우 그거야? 시시하긴."

이렇게 말하면서 미노루가 주머니에서 꺼낸 건 휴대 전화 정도 크기에 스포츠 시계처럼 울퉁불퉁해 보이는 물건이었다. 작은 액정 화면을 끼고 상하 좌우에 조정 버튼이 붙어 있다.

"그건 뭐야?"

"바코더."

그게 이 검은 물체의 이름인 모양이다.

"바코드 붙은 물건 없어?"

미노루가 방을 둘러보다가 책상 위에 놓인 시디에서 눈길을 멈추었다.

"헤에, TAKE를 듣네."

빈정거림을 섞어 화를 돋우면서 손에 든 바코더를 TAKE 시디 바코드에 갖다 댄다. 삐 하는 기계음이 들리더니 화면에 '1달러'라고 떴다.

"한심해. 천하의 TAKE가 겨우 1달러래."

미노루는 계속해서 시디 옆에 있던 물풀 통에 바코더를 갖다 댔다.

"어, 이건 꽤 나가는데! 1,000달러면 10만 엔!"

시디가 1달러고 물풀이 10만 엔?

"마코는 모르지? 이거 바코드를 읽어 들여서 변환하는 거야. 지금은 프라이스 모드로 돼 있어서 가격으로 바꿔 줘."

혼자서 놀 수도 있고 다른 사람과 함께 가격이 비싼 바코드가 걸리면 이기는 게임도 할 수 있다. 나온 가격을 더해 갈 수도 있고, 쇼핑 게임에서 지불할 때도 쓸 수 있고, 아메리카 횡단 여행 게임의 여비로 쓸 수도 있고, 여러 가지 놀이를 할 수 있다.

"이게 날 닮아서 머리가 좋아."

"왜 네가 이런 걸 갖고 있어?"

"중간고사, 반에서 1등 먹었거든."

아무 일 아니라는 듯 말하는 게 얄밉다. 이 녀석이 쓸데없이 우수해서 내 성적이 나쁜 건 유전자 탓이 아니라 노력이 부족한 거란 소리를 듣는다. 동생이 할 수 있으니까 누나도 열심히 하라고 엄마 아빠는 압력을 넣는다. 완전 민폐다. 과학과 수학에 강한 미노루는 원주율처럼 몇 자리나 늘어선 숫자를 보는 게 정말 좋은 모양이다. 한 자리라도 적은 게 좋은 나로서는 이해할 수 없다. 숫자로 놀 수 있는 바코더는 미노루를 위해 생긴 장난감인 거다.

"점술 모드나 축구 모드, 야구 모드도 있어."

점술 모드는 바코더로 성격점이나 운세를 볼 수 있다. 마음에 드는 결과가 나올 때까지 닥치는 대로 바코더를 삐삐 울려 댄다. 축구 모드와 야구 모드는 읽어 들인 바코드에 따라서 공이 움직이며 시합이 진행된다.

"먹이 없나?"

나는 동물을 키우는 육성 모드로 바꾸고 방 안에 있는 바코드를 찾아 다녔다. 잡지, 참고서, 지갑 속에 든 영수증, 회원증을 읽어

들였다. 생각지도 못한 곳에 바코드는 숨어 있다. 그게 전부 장난 감이 된다.

"우편물에도 바코드가 붙어 있어."

보이지 않는 잉크로 인쇄된 바코드 덕분에 우편물 분류를 빠르게 할 수 있다는데, 그걸 여태 몰랐다. 아쉽게도 바코더로는 읽을 수 없다.

"이제 그만 내놔."

"좀만 더."

"휴대 전화로 하면 되잖아."

"휴대 전화로 그런 것까진 못해."

말해 놓고 나서 퍼뜩 깨달았다. 못하면 할 수 있게 만들면 된다. 읽어 들인 바코드를 금액이나 운세로 바꿔 주는 소프트웨어를 내장하면 휴대 전화로 바코드 게임을 할 수 있다.

"뭐야 마코. 싱글싱글, 기분 나쁘게."

"미노루! 역시 내 동생이야!"

영문을 몰라 멍한 미노루를 힘껏 끌어안았다.

"으액, 관둬!"

미노루는 그제야 중학교 1학년 남자애다운 태도를 보였다.

오피니언 리더

"마코, 좋은 아이디어 있나 보네?"

다시 열린 브레인스토밍 때 미하라 씨가 나를 보자마자 말했다.

내 표정은 거짓말을 하지 못한다.

"지금 다른 미팅이 길어졌거든. 셋이서 의견 모으고 있을래?"

미하라 씨는 방을 나가 버렸다. 미쿠니 씨는 처음부터 보이지 않았고, 미하라 씨에 이어 방을 나가려던 겐 씨가 "물어볼 게 있으면 사양 말고 전화해."라며 갈겨쓴 메모를 주었다.

'미쿠니 875(하나코), 미하라 871(하나하지메), 다카쿠라 877(바나나).'

세 사람 내선 번호의 숫자를 가지고 말놀이로 토를 달아 놓았다.

"하나하지메는 코미디언이네?"

미사오가 휴대 전화로 검색하며 말한다.

"1930년 출생이래. 미하라 씨 취미는 수수하네."

"하나코는 미쿠니 씨 부인 이름이야."

그렇게 말한 건 히나코다.

"지난번 같이 돌아가는 길에 얘기했어. 사내 연애래."

미쿠니 씨와 히나코는 오다큐센 주변에 산다. 미쿠니 씨는 M에이전시에서 통역을 하던 하나코 씨와 10년 전에 결혼했고, 초등학교 3학년인 딸과 유치원 상급반인 아들을 두었다고 한다.

"결혼한 건 미쿠니 씨뿐인가?"

"미하라 씨는?"

미사오 말에 하나코가 묻는다.

"한 번 이혼했다는 소문이 있는데. 겐 씨를 찔러 봤더니 미하라 씨는 중도 입사라서 잘 모르겠다며 얼버무렸어."

마치 연예인 소문이라도 말하는 듯한 말투다.

"중도 입사가 왜? 그거랑 이혼이랑 관계가 있나?"

내가 물었다.

"중간에 들어와서 입사 전 일을 모른다든가……."

히나코 말을 듣고 나서야 미사오와 나는 이해했다.

"뭐 미하라 씨한테는 이혼 경력이 넘넘 어울리지만."

미사오가 그렇게 말했을 때 문이 열리고 미하라 씨가 들어왔다.

"너희, 내 얘기 하고 있었지?"

흠칫, 정곡이다! 여기 회의실 벽 완벽한 방음 아니었나?

"정말이지 거짓말할 줄 모르니 귀엽구나. 그냥 떠본 건데."

나는 웃으려고 했지만 볼이 굳어 버렸다. 히나코와 미사오도 마찬가지다. 탁자에 간식으로 가져온 과자를 내려놓고서 미하라 씨는 문 너머로 사라지기 전에 "정확히는 두 번이야!"라고 서슴없이 말했다. 검지와 중지를 펴서 만든 2가 V 사인으로 보였다.

"두 번이나 헤어졌네."

"두 번 결혼했단 거네."

0인가 1인가 하는 얘기를 하고 있었는데 현실은 그걸 앞섰다. 미사오와 내가 술렁거리는데 히나코가 일어서서 주전자 물로 다즐링을 우렸다. 그러고는 간식인 쿠키와 초콜릿을 접시에 담아내고 넋 나간 모양으로 말한다.

"트뤼플초코를 싸고 있는 쿠베르튀르는 담요라는 뜻이야. 밀푀유는 천 겹의 잎사귀고 랑그드샤는 고양이 혀고. 프랑스인들 정말로 멋쟁이다요."

마이페이스인 미소녀 히나코는 나는 나고 남은 남이라는 태도를 고수한다. 질투나 초조함, 라이벌 의식을 초월한다.

"그러면 팍 가자고."

다즐링을 한 모금 마신 미사오가 의자에서 벌떡 일어났다. 좋은 아이디어를 내서 미하라 씨가 혀를 내두르게 하고 싶은 모양이다. 화이트보드 앞에 선 그 애 모습은 윔블던 센터 코트에 선 듯한 기백을 뿜는다.

"하트는 뜨거워도 머리는 쿨하게, 알았지 미사오?"

문에 붙은 'WARM HEART, COOL HEAD'라는 타이포그래피 포스터를 손짓하며 히나코가 말했다. 눈에 띈 영어를 자연스럽게 자기 말로 바꿀 수 있는 히나코는 정말로 언어 천재다.

"알아. 자, 마구마구 내 봐."

마커를 고쳐 쥔 미사오와 눈이 마주쳤다.

"마코, 입이 근질거리지 않니?"

"흐흐, 들켰나?"

나는 미노루한테 빌려 온 바코더를 탁자 위에 꺼내 놓았다. 빈틈없는 미노루는 대여료로 1,000엔을 내라고 했다. 장래가 기대되기도 하고 무섭기도 한 동생이다. 바코더는 금방 미사오와 히나코를 사로잡았다.

"뭐가 튀어나올지 모르는 게 재밌다요."

히나코는 깜짝 상자를 여는 것처럼 읽어 들인 결과를 볼 때마다 놀랐다.

"근데 여기 들어 있는 기능 전부 다 갖고 놀면 질리겠어."

"금방 질리는 미사오한테도 문제없어. 새로운 변환 소프트웨어를 자꾸 넣으면 되거든."

"그런 거 돈이 달린다고."

"전용 휴대 전화 사이트를 만들어서 무료로 다운로드할 수 있게 하면 어때?"

인터넷에 강한 히나코가 나와 미사오의 논의에 답을 냈다.

히나코는 컴퓨터와 휴대 전화로 접속할 수 있는 개인 홈페이지를 갖고 있다. 이름은 '히나축제', 독서 감상을 모은 '히나바라기'와 히나코어를 소개하는 '히나훈련소' 코너까지 있어서 넘사벽 히나코 월드를 널리 퍼뜨린다.

"휴대 전화 사이트를 이용해도 퍼지지 않는 거 아니야?"

"미사오, 남의 의견에 토 달지 말고 뭔가 아이디어 없어?"

내가 걸고넘어졌다.

"미안. 토 달려는 건 아니었는데. 뭔가 이거 소문으로 불이 붙을 것 같거든."

미사오도 자기 나름대로 생각하고 있는 거다.

"어느 고교에나 어니언 리더 같은 애가 있지 않아?"

"오피니언 리더 말이야?"

"어, 그거. 그런 애들한테 우선 사용법을 알려 줘 본다든가. 그러면 나중엔 자동으로 걔네 친구들한테 퍼질 거야!"

"미사오가 도쿄에 있는 고교 오피니언 리더를 모두 안다면 잘되지 않을까?"

이번에는 내가 토를 달 차례다.

"친구의 친구를 더듬어 가면 꽤 커버할 수 있을 거야."

미사오는 진심이다.

"나도 몇 명 알아."

히나코도 흥미를 보인다.

"마코, 셋이 나눠서 가능한 많은 학교 오피니언 리더를 리스트 업해 보자."

히나코의 갸륵함에 져서 나도 협력하기로 했다. 미사오가 미하라 씨에게 반발하듯이 나도 미사오를 너무 의식하는지 모른다.

두 시간쯤 지나서 전략기획실 어른 셋이 함께 돌아왔다.

"그렇구나. 바코드 읽기 기능을 게임처럼 만드는구나."

미쿠니 씨는 바코더를 들고 있어도 여전히 멋쟁이다. 먼저 가격 모드로 바꿔서 자기 명함에 있는 QR코드를 읽어 들였다.

"5,000달러? 나쁘지 않군."

그런데 부하인 미하라 씨 명함이 10만 달러를 나타냈다.

"이런 게임기가 시판되고 있다는 건 기술적으로는 충분히 가능하다는 거네."

10만 달러 사원인 미하라 씨는 이미 마음이 기울었다.

"이게 먹힐지 안 먹힐지 검증이 필요해."

미쿠니 씨는 떠름한 표정이다.

"검증? 또 프레젠테이션하는 거?"

미사오가 말했다.

"아니야 검증, 즉 데이터로 뒷받침하는 거야. 예를 들면, 너희 말고 다른 고교생 의견도 듣는다든가."

겐 씨가 설명한다. 몇 달 걸려서 끝나는 캠페인과 달리 이번에는 글로벌 브랜드의 일본 상륙이기 때문에 첫 판단이 중요하다.

"삐진 거 아니야."

그 말에 웃음꽃이 피었다. 겐 씨 명함은 설마 했는데 마이너스 5,000달러를 기록했다.

그룹 인터뷰

"오피니언 리더는 금방 모을 수 있겠니?"

"스무 명 정도는."

미쿠니 씨가 묻자 미사오는 가볍게 대답했다.

"되도록 학교가 다르면 좋겠어. 히나코랑 마코도 누구 소개해 줄래?"

"예스다요."

"두세 명 정도는 괜찮아요."

"아예 그룹 인터뷰를 할까요?"

미하라 씨가 미쿠니 씨 얼굴을 보고 반응을 살폈다.

그룹 인터뷰? 우리가 묻기 전에 겐 씨가 설명했다.

"그룹 인터뷰는 제품의 타깃이 되는 소비자를 모아서 차분히 의견을 듣는 조사 방법이야."

"우리도 그룹 인터뷰에 나가?"

"아니, 너희가 낸 아이디어에 대해서 인터뷰하는 거니까 너흰 옵저버를 해 줘."

미쿠니 씨가 그렇게 말하자 다시 겐 씨가 해설에 들어갔다.

"옵저버는 그룹 인터뷰를 지켜보는 사람이야."

그룹 인터뷰는 8월 첫째 수요일 오후 1시부터 하기로 했다. 시작하기 전에 M에이전시 뒤에 있는 이탈리아 식당에서 전략기획실 어른들과 점심을 먹었다. 시상식 때는 입식 파티를 했기 때문에 이렇게 마주 앉아서 밥을 먹는 건 처음이다. 겐 씨가 만드는 카르보나라가 아주 맛있다는 이야기가 나왔다. 겐 씨가 혼자 살며, 취미는 요리라는 걸 알았다.

"여친한테도 만들어 줘?"

묻기 어려운 얘기를 거침없이 물을 수 있는 배짱과 그게 용서되는 미사오의 캐릭터가 부럽다.

"그런 거 없어."

"여친 없어?"

"같이 사는 여자애는 있지만."

"에에!"

겐 씨 대답에 우리 셋이 같이 외쳤다.

"강아지야."

겐 씨가 덧붙여서 맥이 탁 빠졌다.

"미사오는 어떤데?"

미하라 씨가 묻자 미사오는 작년 크리스마스 때부터 사귀던 남자 친구와 4월에 헤어졌다고 털어놓았다.

"남자 친구랑 왜 깨졌어?"

미하라 씨가 갑자기 핵심을 찔렀다.

"상상에 맡기겠습니다."

미사오는 어른스런 말로 요령 있게 빠져나갔다.

"양다리였나? 미사오의 지조 문제?"

하지만 미쿠니 씨가 아저씨 개그를 날린 순간 당황했다.

"뭐야, 관둬! 근데 내 이름 진짜 지조를 가리킬 때의 조란 말이야. 엄마 아빠는 서로 첫 상대라서 그때 생긴 게 나니까. 아, 진짜 창피해 죽겠어!"

그렇게 창피하면 말하지 말지…….

"미사오, 너만 그런 거 아냐. 마코란 내 이름도 마슈코에서 생긴 애란 뜻인걸. 신혼여행이 마슈코 호수가 있는 홋카이도였어, 우리 부모님."

내가 이름에 얽힌 비밀을 털어놓자 이번에는 히나코가 조용히 포크를 내려놓았다.

"설마……. 히나코 이름도 그래?"

겐 씨가 물었다.

"우리 엄마, 아이는 알로 낳는 거라고 믿었대요."

히나코의 '히나'는 병아리를 뜻하니까……. 히나코 엄마는 가끔 공상과 현실이 뒤섞이는 모양이다. 히나코를 낳고서는 "껍데기는 어디 있어요?"라고 진지한 얼굴로 간호사에게 물었다나.

"역시 고교생 브레인 부모님들이라 유니크하시군. 우리 부모님은 평범하다고."

미쿠니 씨가 말했다.

"우리 부모님은 진짜 평범해."

아빠는 건실한 전기 메이커 회사에서 일하는 성실한 과장이다. 아파트 대출금을 또박또박 갚으며 근무지에 혼자 부임해서 착실하게 자취를 하고 있다. 대학 입시에 떨어진 엄마는 학력 콤플렉스가 있어서 앵무새처럼 좋은 대학을 되풀이한다. 너무 정상이라 오히려 거북하다.

"히나코네 사차원 엄마가 부러워."

"그건 그거대로 곤란하다요."

"히나코의 공상벽은 엄마 닮은 거구나. 한창 브레인스토밍을 하다가 이따금 현실에서 사라져 버리더라."

"미하라 씨한테는 뭐든 다 보이는군요."

히나코가 혀를 날름 내밀자 미하라 씨가 윙크를 보냈다.

굿 아이디어

각각 다른 학교에 다니는 여자아이 여섯 명이 전략기획실 옆 회의실에 모이자 비디오카메라가 돌기 시작했다. 그룹 인터뷰 진행은 미하라 씨, 서기는 겐 씨가 담당했다. 우리 셋과 미쿠니 씨는 회의실에 들어가지 않고 전략기획실 비디오로 모니터한다. 그곳에 모인 아이들은 각 학교의 인기인인지라 친구를 만드는 건 식은 죽 먹기다. 인터뷰가 진행되기도 전에 멋대로 자기소개를 하고 수다를 떤다.

"얘들아, 평소에 휴대 전화를 어떤 식으로 사용하니?"

모니터 속에서 미하라 씨가 질문했다.

"카메라, 음악 플레이어, 게임기, 지도, 메모장, 주소록. 한마디로 내 머리 대신."

처음에 발언한 건 다마가와 고교의 나미코다. 섀기가 들어간 금발, 양쪽 합쳐서 일곱 개인 피어스, 바닷가에서 태웠다고 자랑하는 듯한 갈색 피부. 한눈에 미사오랑 동류라는 걸 알 수 있다.

"거리에서 마음에 드는 옷이나 물건을 발견하면 메모하는 대신 사진을 찍어요."

나랑 중학교 때부터 친하게 지내는 친구, 도립 S고교에 다니는 미즈호가 말했다. 시중에서 파는 옷은 마음에 차지 않는다며 직접 만들어 버리는 재주꾼이다. 오늘은 헌옷을 고쳐서 100엔숍에서 찾아낸 프릴을 덧댄 원피스 차림이다.

"학교 갈 때 웹 소설을 읽어요. 매일 아침 업로드되는데, 항상 재미있는 데서 끝나 버려요."

말투에서 곱게 자란 걸 느낄 수 있는 세이조지 고교 미즈키는 히나코의 친구다. 둥글게 말린 속눈썹 끝이 눈썹에 가서 붙을 것만 같다. 촉촉한 초승달 모양 눈동자도 매력 있다.

"가장 많이 쓰는 건 남친이랑 연락하는 거?"

다마키는 히나코와 같은 반 친구다. 키는 150센티미터, 체중은 40킬로그램이 될까 말까 하는데 존재감으로는 다른 아이들에게 전혀 뒤지지 않는다. 작은 얼굴에 커다란 눈과 오뚝한 코와 모양 좋은 입술이 완벽하게 배치되어 있다. 키가 작은 걸 빼고는 나랑 완전히 다르다.

"나는 바보 같은 문자 주고받는 정도. 착신 멜로디나 사진 같은 거, 웃기는 사람이 이긴달까."

시부야 여고 나루미는 자기가 말해 놓고 웃는다. 하얗게 칠한 도톰한 입술과 허리에 닿을 듯한 곧은 금발이 압도적이다. 고교 입시 면접 대기 시간에 미사오랑 죽이 맞은 이래 둘이서 학교를 리드하는 모양이다.

"맛있는 가게 찾을 때 써요."

나랑 같은 반인 사에코다. 사에코가 말하는 '맛있는 가게'는 디너가 1만 엔이나 하는 고급 레스토랑이다. 홋카이도와 오키나와에 별장을 가진 부잣집 딸인 데다가 머리가 좋고 더구나 미스도립 T고교라 불리는 외모까지 갖췄다. 그중 하나 정도는 나한테 줬으면…….

"마코, 쟤 인기 짱 많지?"

미사오가 물어 왔다.

"그런 거 같아."

눈이 엄청 크고 귀가 쫑긋하고 놀란 듯한 얼굴이지만 남자애들은 그런 게 참을 수 없이 좋은 모양이다.

"혹시 마코, 쟤가 거북해? 평소엔 별로 얘기 안 한다든가…….
아, 역시 그렇구나!"

솔직한 내 얼굴은 잠자코 있어도 멋대로 말을 한다. 같은 반이 된 지 네 달이지만 사에코와 얘기해 본 건 손가락으로 셀 정도뿐이다. 사에코는 뭐든 잘하고 누구한테나 상냥하다. 그 애를 나쁘게 말하는 사람은 없다. 실연도 실수도 하지 않고 고민도 없는 것 같고 영화 〈히로인〉보다 사에코 인생이 더 잘 돌아간다. 그런 점이 나는 거북했다.

"이거 알아?"

미하라 씨가 탁자에 바코더를 꺼내 놓았다. 찾아간 가게마다 다 팔리고 없어서 다섯 개를 사는 게 고작이었다. 내가 미노루한테 대여료 1,000엔을 지불하고 빌려서 간신히 그룹 인터뷰 인원수에 맞췄다.

"바코드를 읽어서 노는 장난감인데……."

미하라 씨가 설명하기 전에 겐 씨가 시디와 잡지, 껌, 초콜릿처럼 바코드가 붙은 물건을 탁자 위에 늘어놓았다.

"이걸 읽으면 돼요?"

호기심 왕성한 미즈호가 바코더를 들고 눈앞에 놓인 껌 포장지에 갖다 대더니 "앗, 대전 시작돼 버렸어!" 하고 미노루처럼 천진하게 큰 소리를 냈다. 미즈호의 바코더는 배틀 모드인 모양이다.

나루미와 나미코는 프라이스 모드다.

"신난다, 100달러 획득!" 하고 나루미가 말하면 "시시하네. 난 256달러 나왔어."라고 나미코가 열을 올린다.

미즈키는 펫 육성 모드다.

"어, 뭐야……."

알에서 나와 잘 크던 공룡은 초콜릿 바코드로 어이없이 죽어 버렸다.

그 옆에서 다마키는 가느다란 목을 갸웃하며 화면을 읽는다.

"해달은 미묘한데."

주간지 바코드를 동물점 모드로 읽어 들인 결과다. 작은 동물처럼 귀여운 다마키는 해달이 불만인 듯하다.

"다른 바코드로 해 봐."

옆에서 미즈호가 말하자 다마키는 캔 홍차 THÉME의 바코드를 읽어 들였다.

"앗, 긴팔원숭이야!"

"해달에서 관두는 게 나았겠어."

미즈호가 말하자 모두 키득거렸다.

바코더를 시험해 보는 동안 끊임없이 누군가가 말을 하고 "그쪽은 어때?" 하는 식으로 정보 교환을 하면서 재미있어 한다.

"이거 뽑아 봐. 내 미용실 멤버십 카드야."

어느새 나루미는 지갑에 들었던 걸 펼쳐 놓았다.

"저 애, 방금 뽑는다고 말했지. 바코드를 읽어서 운세를 점치니까 이렇게 새로운 말이 생기는군."

몸을 앞으로 내밀고 모니터에 빠져든 미쿠니 씨가 말했다.

"이런 바코드 게임이 휴대 전화에 들어 있으면 어떨 거 같니?"

"갖고 싶어!"

미하라 씨가 묻자 모두 합창을 했다.

"이렇게 왁자지껄하게 하면 재밌을 거야."

사에코와 미즈키가 서로 고개를 끄덕였다.

"미팅할 때 써먹을 수 있을 거 같아."

금발 끝을 만지작거리면서 나미코가 말한다.

"이거면 외국인하고도 함께 놀 수 있겠네요."라는 미즈호.

"그렇구나. 바코드가 언어가 되네."라는 다마키.

"이거 바코드 읽을 때까지 뭐가 나올지 모르잖아? 바코드만 인쇄한 카드 만들어서 놀 수 있겠다."

"오오, 아이디어 나온다."

나루미 발언이 또다시 미쿠니 씨를 기쁘게 했다.

"같은 마크가 나온 사람끼리 커플이 되는 거야."

"역시 나미코야. 머릿속에 남자뿐이야."

"그건 나루미 얘기지."

"난 다른 거 생각했어. 추첨."

과연, 하면서 미쿠니 씨가 무릎을 탁 쳤다.

캔 커피 같은 데 붙은 실(봉해 놓은 곳에 붙이는 종이 seal을 가리킨다)에 시리얼 넘버를 인쇄해서 그걸 휴대 전화로 입력해 응모하는 소비자 현상이 있는데, 번호가 바코드로 되어 있으면 일일이 입력하지 않아도 된다. 그 자리에서 바로 당첨인지 꽝인지를 알 수 있고, 덤으로 휴대 전화 화면에 당첨 상품이 뜨게 만들면 더할 나위 없는 인스턴트 복권이다.

"영수증 복권도 할 수 있어."라는 사에코.

다른 아이들도 자극받아서 떠오른 걸 이야기한다.

"파티장 여기저기에 바코드가 붙어 있으면 재미있을 거야."

"음료수 컵이나 커피 잔이나 앞접시."

"치킨 포장하는 종이에도."

"짝 맞추기 게임도 할 수 있어."

"그 마크가 상품이어도 괜찮을 거야."

"휴대 전화로 보물찾기라. 재밌겠는데."

사에코의 커다란 눈이 더욱 커다래졌다.

"바코드를 이용한 추리 게임은 어때?"라는 미즈키.

친구인 히나코에 따르면 미즈키는 소설 중에서도 미스터리를 좋아한다. 바코드에 숨겨진 힌트를 단서로 수수께끼를 푸는 건 가상 추리 소설 같아서 인기를 모을지도 모른다.

"스파이 영화 같아서 재밌을 거 같아."라는 미즈호.

"아예 이 휴대 전화가 주역인 이벤트를 하는 건 어때?"

사에코가 제안했다.

만남이 있고 추첨이 있고 수수께끼 풀이가 있다. 바코더 기능이 있는 휴대 전화로 재미있는 체험을 하게 한다. 이벤트에 참가한 사람이 놀이법을 소문낸다.

"잡지에도 여기저기 바코드를 인쇄해 넣으면 똑같은 걸 할 수 있을지 몰라."

"지상 바코드 이벤트? 그거 히트다!"

탄력이 붙은 눈덩이처럼 아이디어가 마구 부풀어 간다. 몇 명이 한꺼번에 말을 하니까 겐 씨의 메모 속도가 따라가지 못한다.

"이거 한 대만 있으면 평범한 날들이 자극적으로 바뀔 거 같아."

"이름은 스파이스 어때?"

"아까 누가 스파이라고 하지 않았어?"

"스파이 스펠링 알아?"

"아마 S, P, Y."

"그럼 S, P, Y, C, E. SPYCE?"

"지루한 날들에 SPYCE!"

기세를 타고 네이밍과 슬로건까지 만들어 버렸다.

"이거 진짜로 실현되면 좋겠다."

흥분이 조금 식은 미즈호가 한숨을 내쉬었다. 에어컨은 돌아가는데 뺨은 여전히 붉다. 내 옆에서는 미쿠니 씨가 모니터를 향해서 "최고야!"라며 박수를 쳤다.

　"그룹 인터뷰를 하려던 게 브레인스토밍이 돼 버렸어."

　"역시 우리 친구들."

　히나코와 미사오도 기뻐 보인다. 나만 조금 달랐다. 내 얼굴만 웃음을 띠지 않았다.

　애네, 생각하는 거 재미있어.

　너무 재미있잖아.

　난 못 당하겠어.

　질투와 초조와 불안이 가슴 깊은 곳에서 마구 뒤섞였다.

보류

갑자기 유로폰의 일본 론칭이 연기되었다.

"런던 본사에서 말이 많은가 봐. 일본 진출은 아직 이르다는 둥 타깃을 고교생으로 한정하는 건 범위가 너무 좁다는 둥, 좀 더 시장 조사를 하고 싶은 모양이야."

여름 방학이 끝나고 2학기 들어 첫 번째 브레인스토밍을 하러 모인 9월 두 번째 수요일, 미쿠니 씨가 전했다.

"내 고교 생활이 끝나고 들어오면 늦어!"

SPYCE를 유행시키고 싶었던 미사오는 은색으로 칠한 손톱을 입술에 대고 부루퉁하게 말했다.

"그럼 M에이전시는 적자잖아요."

히나코는 사업을 걱정했다.

"다행히 우리 투자는 최소한으로 끝났어."

미하라 씨가 대답했다.

우리 고교생 브레인 시급이 5,000엔, 곱하기 네 시간 곱하기 세 명이니까 6만 엔. 그룹 인터뷰 사례와 교통비가 여섯 명에 약 4만 엔. 그룹 인터뷰용으로 산 바코더 다섯 대가 약 5만 엔.

"뭐, 우리 셋 인건비를 무시하면 대충 15만 엔쯤 되겠네."

난 15만 엔이나 되는 큰돈을 가져 본 적이 없지만 전략기획실 사람들에게는 싼 모양이다.

"유로폰에 청구할 수 없어요?"

히나코가 물었다.

"실비로 청구하는 방법도 있지만 그럴 경우 작업 내용을 보여 줘야 해. 이만한 아이디어를 15만 엔에 놓아 버리는 건 아까우니까 갖고 있기로 했어. 휴대 전화 회사는 거기만 있는 게 아니니까."

미쿠니 씨 말을 그대로 이해하자면 훨씬 비싸게 팔 만한 가치가 있다는 거다.

"앞일보다 난 지금을 즐기고 싶다고."

SPYCE에 미련이 줄줄 흐르는 미사오는 여전히 토라져 있었다.

"그런 얼굴 하지 마. 좋은 거 보여 줄 테니까."

겐 씨가 달래며 텔레비전에 DVD를 연결했다.

'그레코제과 테이크 어 초코 TV-CF 15초 론칭 전편.'

자막이 떠올랐다. 다음 주부터 방영 예정인 TV-CF. 전국의 TAKE 팬이 침을 흘릴 만한 미공개 영상을 미리 볼 수 있는 건 고교생 브레인의 특권이다. 초콜릿을 한 입 깨문 TAKE의 몸이 초콜릿 바다에 오버랩되며 가라앉는다. 거기에 'TAKE 녹아내리다.'라는 내레이션이 들어간다. 마지막으로 모자이크가 들어간 상품이 비치고 '녹아내리는 비밀은 10월 1일 그레코제과에서'라고 변죽을 울리며 끝난다. 상품명은 굳이 말하지 않는다. '무슨 광고지?' 하고 소비자의 흥미와 기대를 자극하는 건데, 이런 걸 '티저 광고'라고 한다. 녹아내리는 TAKE가 아주 섹시해서 두근거렸다. 이렇게 멋진 TV-CF가 태어나는 데 나도 한몫 거들었다고 생각하니 점점 흥분이 더해진다.

"아, 초코 먹고 싶어졌어."

어느새 미사오의 기분도 좋아졌다.

선택

M에이전시가 그레코제과로부터 결정 통보를 받은 건 8월 추

석이 지나서였다. 이르면 7월 중에 답이 올 예정이었으니까 보름 남짓 늦어졌다. 그때부터 초스피드로 광고 제작에 들어가 예정대로 9월 하순부터는 TV-CF를 내보낼 수 있었다. 발매 전에 나오는 잡지에는 광고를 게재하지 못하고 발매 당일에 신문 광고를 하게 되었다. 결정이 늦어진 건 그레코제과 내부에서 의견이 나뉘었기 때문이다.

사실 TAKE를 기용한 신제품 출시 15초 TV-CF는 다른 광고 대행사가 만들기로 정해졌고, 이미 촬영 준비에 들어간 상태였다. 거기에 더해서 이번 프로모션 경합에 이긴 회사가 캠페인 알림 15초 TV-CF를 만들어 두 가지 광고를 내보낼 예정이었다. 그런데 M에이전시는 대담하게도 "신제품 출시 알림과 프로모션 알림을 15초짜리 TV-CF 하나로 갑시다." 하고 그레코제과에 제안했다. 발매 직전에 티저 광고를 내보내고, 그에 이은 신제품 출시 편을 10월 1일부터 내보낸다. 신제품 출시 편에서는 TAKE가 초콜릿 바다에 녹아드는 신에 'TAKE 녹아들다. 테이크 어 초코.'라는 내레이션이 들어가며 마지막 상품 컷과 함께 '녹아드는 비밀은 초콜릿 공장에서. 밸런타인데이 위드 TAKE, 5,000명 당첨.'이라고 끝맺는다. 상품의 맛과 그레코제과의 기술을 연결 짓기 때문에 공장 견학에 TAKE의 매력 플러스알파 가치가 나오는 것이다.

이 안이 통과되면 다른 회사가 할 일을 빼앗는 꼴이 된다. 그레코제과의 광고 담당자들은 M에이전시를 밀었지만 상층부는 필사적으로 저항했다. 작은 광고 대행사에 이렇게 큰일을 맡기는 건 아깝다는 둥 믿음직하지 못하다는 둥 맹렬하게 반대 의견을 내놓았다. 하지만 결국엔 "이게 훨씬 재밌잖아." 하는 사장의 한마디에 M에이전시로 결정되었다. 대답을 기다리는 동안 전략기획실 세 사람은 일이 손에 잡히지 않을 만큼 안절부절못했다고 한다.

"10억 엔짜리 캠페인이니까. 되느냐 마느냐에 따라서 천국과 지옥인 거지."

미쿠니 씨가 말했다.

10억 엔.

금액이 너무 커서 우리한테는 퍼뜩 다가오지 않는다.

"인도 전 국민한테서 1엔씩 걷으면."

히나코 말을 들으니 더더욱 알 수 없어진다.

"우리 회사 연간 매출액이 200억 엔이니까, 20분의 1이네."

미하라 씨가 그렇게 말하니 M에이전시한테 임팩트 있는 숫자라는 건 알겠다.

"물론 10억 엔이 전부 이익이 되는 건 아니야. 매출의 15퍼센트 정도가 커미션, 즉 수수료로 회사에 들어오는 거야."

겐 씨가 거들었다.

"10억 엔의 15퍼센트면…… 1억 5000만 엔. 미니쿠퍼 몇 대나 살 수 있는 거지?"

미사오는 뭐든지 자동차로 환산한다.

"그런 거금 어떻게 다 쓰죠?"

만 엔짜리 지폐조차 주체하지 못하는 내 질문에 대답한 건 역시 겐 씨였다.

"우리 몫을 빼고 실제로 쓸 수 있는 예산은 8억 5000만 엔. 대충 나누면 프로모션에 1억 5000만, 광고 제작에 1억, 미디어에 6억 엔 정도인가."

프로모션 1억 5000만 엔 중 1억 엔은 '밸런타인데이 위드 TAKE' 이벤트 운영비다. 여기에는 특설 무대 공사비, 조명과 음향과 기재비, 스태프 인건비, 당첨자 5,000명에게 연락하는 비용, 선물 비용 등이 포함된다. 초콜릿 공장 견학에 떨어진 사람들 중 2만 명을 추첨해서 찬스상을 주는데, 여기에 드는 제작비와 발송비가 2000만 엔이다. 상품명은 '안고 속삭이는 TAKE 베개'인데 센서를 내장한 안는 베개가 사람 체온을 감지하면 TAKE의 자장가가 흘러나온다. 이것도 우리 브레인스토밍에서 나온 아이디어다. 일본에서 만들면 개당 2,000엔이 들지만 중국 공장에서 만들면 500 엔이면 된다.

나머지 3000만 엔이 슈퍼에 놓아둘 응모 전단지 인쇄비와 캠페인 사무국 운영비로 쓰인다. 원래는 응모 엽서 보관 장소를 빌리는 데 월 몇 백만이나 되는 비용이 발생하는데, 이번에는 그레코 제과에 있는 체육관 크기의 빈 창고를 쓰게 되었다. 엽서 열 장이 5밀리미터 두께라 치고, 1만 장이면 5,000밀리미터, 즉 5미터. 응모 엽서 100만 장을 쌓아올리면 높이 500미터가 된다. 그 프로모션 캠페인을 알리는 광고 제작비가 1억 엔이다.

TAKE를 기용한 TV-CF와 잡지, 신문, 포스터 등에 쓰는 사진인 스틸 촬영부터 현상, 합성, 그리고 편집과 레이아웃까지 든 돈도 있다. 촬영은 도내 스튜디오를 싸게 빌려서 했지만 디렉터와 카메라맨과 미술, 헤어 메이크업 모두 일류 스태프를 썼기 때문에 인건비가 많이 들었다.

컴퓨터 그래픽으로 만든 초콜릿 바다와 TAKE를 합성하는 데는 무려 3000만 엔이나 들었다. TV-CF 영상은 상품을 모자이크로 감춘 '발매 전' 편과 상품을 보여 주는 '발매 후' 편으로 두 가지다. 더욱이 발매 후 편은 발매하는 10월 초와 캠페인 응모 마감을 코앞에 둔 11월 말에 서로 다른 내레이션을 넣는다. 세 가지 소재를 엮는 스튜디오 편집 비용은 100만 엔을 넘지만 1억 엔을 놓고 보면 애교스런 금액이다.

여기에 TAKE의 출연료를 더하면 도저히 1억 엔으로는 감당이 안 될 터이지만, 연간 계약 금액 7000만 엔은 별도로 취급하고 예산에는 TV-CF 촬영과 스틸 촬영을 하는 이틀간의 임금 300만 엔만 잡혀 있다. 그리고 제작한 광고를 세간에 내보내는 미디어 비용이 6억 엔이다. 그중 3억 3000만 엔이 TV-CF에 들어간다. 방송은 '발매 전후'와 '캠페인 종료 직전' 두 가지다. 9월 마지막 일 주일은 '발매 전' 편, 10월 1일부터 2주 동안은 '신제품 출시' 편, 11월 마지막 일주일은 '마감 직전' 편을 내보낸다.

"초반 방송량은 엄청나. 관동 지역에서는 2주 동안 2,000GRP 야."

미하라 씨가 말했다.

"RPG?"

"아니야. 롤플레잉 게임이 아니라 GRP."

미사오가 맹하게 굴고 겐 씨가 바로잡는 건 떡방아처럼 호흡이 척척 맞았다. GRP는 GROSS RATING POINT의 약자다. 번역 하면 '종합 시청률' 즉, 시청률을 모두 더한 수치다. 신문과 잡지 부수처럼 얼마나 많은 시청자한테 전달되었는지를 계산하는 기 준이 된다.

"2,000GRP는 합계 시청률 2,000퍼센트 분량이란 거야. 시청 률 20퍼센트짜리 프로그램이면 100번을 방송해야 한다는 계산이 나오지. 시청률 10퍼센트짜리는 200번."

"시청률이 한 자릿수인 프로그램부터 30퍼센트를 넘는 프로 그램까지 제각각이긴 하지만 평균을 내면 7퍼센트 정도니까,

2,000GRP를 7퍼센트로 나눠서 약 285번 방송하는 거야. 이걸 2주 동안 하니까, 14일로 나누면 하루에 약 20번 방송한다는 얘기지."

"굉장하다!"

하루 20번이란 말을 듣고 우리는 다 함께 손뼉을 쳤다.

"타깃의 TV-CF 접촉률도 시청률에서 알아낼 수 있어."

겐 씨가 조금 득의양양하게 덧붙였다.

테이크 어 초코의 메인 타깃인 여자 중고생은 관동 1도 6현에 약 130만 명 있다.

"2주 동안 2,000GRP 방송한 경우 그 여자 중고생들은 평균 8회 녹아드는 TAKE TV-CF를 보게 돼. 5회 이상 보는 아이는 70퍼센트, 적어도 한 번씩은 보는 아이가 95퍼센트라는 계산이 나와."

숫자에 약한 나는 이쯤에서 탈락이다.

"한 번 봐서는 잊어버리기 쉬우니까 접촉 횟수를 늘려서 기억하게 하는 거야. TV-CF뿐만 아니라 여기저기서 신호를 보내지 않으면 화제가 되지 않아. 그래서 미디어믹스가 중요하지."

미쿠니 씨의 보충 설명에 겐 씨가 해설을 더했다.

"미디어믹스는 광고를 어떤 매체를 통해 노출할지 구성하는 거야."

잡지나 신문의 값어치는 부수에 비례해서 정한다. 잘 팔리는 패션 잡지는 펼침면 광고가 300에서 400만 엔. 중학생부터 회사원까지 폭넓은 대상을 포괄하려고 여덟 개 잡지에 두 달 광고를 게재한다면, 5000만 엔을 가볍게 넘어 버린다. 신문 지면은 단수로 센다. 한 페이지에 15단. 판매 부수가 전국 1위와 2위인 전국지의 15단 컬러 광고는 무려 5000만 엔! 그 두 신문에 테이크 어 초코 발매일과 마감 직전에 전면 컬러 광고를 실으면 5000만 엔 곱하기 4해서 2억 엔. 실제로는 할인을 해서 1억 7000만 엔이 들었다.

전철 안에 매달거나 역에 붙이는 포스터 같은 교통 광고는 4000만 엔 정도 견적이 나온다. 전철 안 광고 공간을 모두 사 버리는 경우도 있는데, 야마노테선 전철 한 대를 테이크 어 초코 광고로 도배해 보름 동안 달리게 하면 1500만 엔이 든다고 한다. 잡지, 신문, 교통 광고를 모두 더하면 2억 6000만 엔이 조금 넘는다. 남은 1000만 엔 정도는 인터넷 광고에 들어간다. 배너 광고와 메일 매거진 같은 것이다.

"그 밖에도 응모 엽서를 증쇄하거나 길거리에서 샘플을 돌리거나 여러 가지로 돈이 들어. 그럴 때는 수익 1억 5000만 엔을 울면서 깨는 거지."

겐 씨가 친절하게 설명해 주어서 10억 엔을 어디에 쓰는지는 그럭저럭 알게 되었다. 하지만 여덟, 아홉 자리 숫자가 날아다녀서 머릿속은 이미 혜롱혜롱이다. 히나코는 흠흠 하면서 고개를 끄덕이지만 넋이 나간 채 겐 씨를 바라보는 미사오는 탈락한 듯 보였다.

"본전 찾으려면 시간이 꽤 걸릴 것 같네요."

히나코가 날카롭게 한마디 했다.

"한 개 200엔짜리 초코에 10억 엔이면, 천만 개 팔려도 개당 광고비가 100엔 든다는 말이잖아요."

그렇게 생각하면 확실히 돈을 너무 많이 들이는 것 같다.

"앞으로 몇 년 지나도 계속 팔리는 인기 상품이 되려면 스타트 대시가 승부의 열쇠야."

그렇게 말하는 미쿠니 씨에게 이번에는 미사오가 반격한다.

"광고비는 상품 가격에 들어가는 거잖아? 광고를 안 하면 훨씬 싸게 팔 수 있지 않아?"

어이구, 미사오. 광고 회사 사람한테 실례잖아!

"안타깝게 됐네. 광고는 장기적인 안목으로 보면 물건 가격을 내리는 데 도움이 된답니다."

미하라 씨가 의기양양하게 대답했다.

"광고를 하면 상품이 많이 팔려. 상품이 대량으로 소비되면 대량으로 생산할 수 있어. 그러면 생산 단가가 내려가서 안정적으로 싸게 상품을 제공할 수 있게 되는 거야."

"즉, 광고는 소비자한테 정보를 제공하는 거야."

미쿠니 씨가 덧붙였다.

"예를 들어, 5000만 엔 들여서 신문 광고를 냈다고 하자. 1000만 부 발행하는 전국지 조간이면 한 부당 5엔으로 테이크 어 초코의 존재를 사람들에게 알릴 수 있어. 가족 넷이 읽는다면 한 사람당 1엔 좀 더 든다는 계산이야."

"전화 거는 것보다 싸지? 더구나 전국에 있는 사람들에게 빠짐없이 동시에 정보를 전달할 수 있으니까."

미하라 씨가 덧붙였다.

나는 머리가 어질어질했다. 그렇지만 과자의 세계도 그리 달콤하지만은 않다는 건 잘 알았다.

"그레코제과는 십 년 걸려서 테이크 어 초코를 개발했어. 우리는 광고의 힘으로 그걸 대표 브랜드로 키울 거야. 그 스타트야."

미쿠니 씨 표정에서 자신감이 묻어 나왔다.

신제품 출시를 알리는 불꽃을 화려하게 쏘아올리고, 그것은 끝이 아니라 그때부터가 시작이다. 전략기획실 사람들은 지금을 넘어서 5년 후 10년 후를 보고 있다. 난 2학기 성적도 보이지 않는데. 내년 이맘때쯤엔 분명히 입시 공부에 질려 있을 거다. 하지만 어느 대학에 가서 무얼 공부하고 싶은지 따위 지금은 전혀 알 수 없다. 내 미래는 아직 백지다. 다만 고교생 브레인으로서 브레인스토밍을 하는 동안에는 그 공백에 무언가를 써 넣을 수 있을 것 같은 기분이 든다.

내가 하고 싶은 일, 내가 나아가고 싶은 길.

힌트는 전략기획실 어딘가에 있다.

분명히.

"자, 잘나가는 고교생 브레인 덕을 입은 김에 바로 다음 프로젝트 부탁해."

미하라 씨가 말을 꺼냈다.

테이크 어 초코 TV-CF 시사회는 전채 요리고, 드디어 오늘의 메인 디시가 나왔다. THÉME의 경품 프로모션, 치킨 더 치킨의 고객 끌어들이기 작전, 테이크 어 초코의 세일즈 캠페인, 유로폰의 론칭 전략에 이어지는 고교생 브레인의 다섯 번째 프로젝트는…….

"J프로."

미하라 씨가 그렇게 말하면서 화이트보드에 썼다.

"그 J프로?"

미사오가 물었다.

"맞아. 그 J프로."

미하라 씨가 고개를 끄덕인다.

"곧 있으면 공개될 〈7인의 그림자 무사〉 프로모션이야."

"포스트 TAKE라고 불리는 TARO가 나오는 거?"

미사오는 반응이 빠르다.

J프로덕션은 엔터테인먼트 기획사 중 가장 규모가 큰 곳이고 TARO는 거기 사장이 직접 발굴한 색다른 연예인이다. 나이는 열아홉, 야성적인 외모와 소림사 권법으로 단련한 근육이 매력 포인트. 팬들은 그를 '나이프 TARO'라 부른다. 절도 있는 춤, 찌르는 듯한 눈빛, 다가가면 상처 입을 것처럼 위험해 보이는 분위기……. 그런 TARO의 특징을 잘 나타내는 별명이다. 올해 1월에 데뷔했고, 영화는 처음인데도 〈7인의 그림자 무사〉 주연에 발탁되었다.

"J프로에서는 훨씬 더 화제가 될 거라 생각했는데, 영화사가 별로 홍보에 공을 들이지 않는 모양이야. 시대극이라 젊은 팬의 관심도 그저 그렇고."

미하라 씨가 상황 보고를 했다.

"그래서 J프로 독자 예산으로 영화를 홍보하고 싶대. 특히 TARO를 팔고 싶은 고교생을 타깃으로 해서."

겐 씨가 말을 이었다.

"그러니까 우리 같은 애들이 몰려갈 영화로 만들고 싶다는 거?"

"그렇지."

미사오의 질문에 전략기획실 사람들이 한목소리를 냈다.

"이번에도 경쟁 피티인가요?"

내가 걱정하자 미하라 씨가 "말하는 게 광고 회사 사람다워졌구나."라며 웃었다.

"안심해. 이번에는 선택받은 일이니까. 더구나 너희 고교생 브레인한테 말이야."

"너희 소문을 들은 모양이야. 천하의 J프로가 직접 발주했어. 이렇게 멍하니 있다간 너희 독립해 버리겠는걸."

미쿠니 씨가 놀리고 나서 어른들은 전략기획실을 나갔다. 우리를 믿고 맡겨 주는 거겠지만 그 이상으로 바빠 보였다.

"〈7인의 그림자 무사〉가 어떤 내용이야?"

미하라 씨가 나눠 준 자료에는 눈길도 주지 않은 채 미사오가 물었다.

"그림자 무사가 일곱 명 나와서 일곱 개의 저주가 걸린 마을을 구하는 조금 무서운 얘기."

소설을 읽은 적 있는 히나코가 대답한다. 영화를 좋아하는 히나코는 화이트보드 담당을 자처했다.

"그림자 무사 말이야, 요즘 장발이랑 느낌 비슷하지 않아?"

미사오 말에 히나코가 생각에 잠긴다.

"장발……? 그거 그림자 무사가 아니라 패전 무사 아니니?"

"어? 뭐가 다른 거지? 그림자 무사가 멋진 거야?"

"비교한 적 없어서 뭐라 말할 수 없는데……."

편안한 패션은 그림자 무사 스타일이라고 할 수 있을지도 모르겠다.

"걸어 다니는 광고 어때? 그림자 무사 차림으로 거리를 돌아다니면 눈에 띄지 않겠어?"

내가 말하자 히나코는 어리둥절한 표정으로 "꼴사납지 않아?"라고 했다.

"멋지게 하는 거야!"

모델은 오디션으로 뽑고 의상은 유명 디자이너에게 맡겨 근 미래적인 그림자 무사 이미지로 하는 거다.

"그냥 걷기만 하는 건 시시하니까. '그림자 무사를 찾아라' 게임을 하면 어떨까?"

히나코 말에 이번에는 내가 어리둥절해졌다.

"스탬프 랠리처럼 일곱 명의 사인을 모으는 거야. 전부 모아 오면 영화 무료 관람권을 줘도 좋고."

"그거 좋아! 오리엔티어링(지도와 나침반을 이용해 목적지를 찾아가는 경기) 같아. 재밌겠어."

뜻밖에도 미사오는 초등학교 때 걸스카우트였다고 한다.

"라디오랑 손잡고 '그림자 무사는 어디?' 정보를 방송하면 어때?

수신자 부담 전화로 그림자 무사가 있는 곳 정보를 제공받아서."

내가 생각해도 번뜩이는 아이디어라 생각했는데…….

"전화보다 인터넷 게시판에 쓰는 게 편하지 않아?"

미사오가 날카롭게 지적했다.

나는 변함없이 시대의 물결에 올라타지 못했다.

"라디오랑 손잡는 것도 괜찮을 것 같아. 라디오 사이트에 '그림자 무사를 찾아라' 특설 페이지를 만들면 어떨까?"

컴퓨터에 밝은 미소녀 히나코는 미사오보다 훨씬 앞서간다.

"라디오와 인터넷 페이지의 콜라보라. 역시! 그리고 그림자 무사는 거리에 출몰해서 익살맞은 짓을 하는 거야. 모금을 하거나 길에 서서 아이돌 사진집을 읽거나, '나 그림자 무사야.' 하면서 헌팅을 하거나."

미사오가 신이 나서 덧붙였다.

"그림자 무사라고 쓴 명함을 돌리거나."

이어서 히나코가 받았다.

"그리고 '영수증의 수신인은 그림자 무사로 해 주세요.' 라고 진지한 얼굴로 말하는 거야."

내가 뒤를 이었다.

외모뿐 아니라 웃기는 센스와 연기력도 필요하겠다.

"편승해서 그림자 무사 상품을 파는 건? 그림자 무사 만주 같은 거. 그림자 무사 모양에 맛도 일곱 가지 있는 거야."

미사오가 장삿속을 드러냈다.

"그림자 무사 아이스는? 바가 묘비 모양이고 아이스는 피 색깔. 겨울 개봉 영화지만 등줄기도 얼어붙는 맛이란 콘셉트로."

이건 내 아이디어다.

"그러면 스티커 사진은 어때? 배경을 무서운 느낌으로 해서. TARO랑은 아니고 홍보용 그림자 무사랑 찍는 기간 한정 프리미엄 버전."

미사오의 두뇌 회전이 빨라진다. 나도 지고 있을 수는 없다

"그럼 인형 뽑기 기계로 그림자 무사 인형을 뽑아. 그래서 일곱 개를 갖추면 부적이 되는 거야. 위기에 몰렸을 때 대역이 되어 주는 건 어때?"

"일곱 개가 한 세트인 건 좋아. 그림자 무사 펜이나 그림자 무사 휴대 전화 거치대나. 사이 좋은 친구끼리 나눠 가지면 그 우정은 영원히 지속되는 걸로 해서."

여고생한테는 어쨌든 징크스가 먹힌다.

"좀 천천히 말해!"

화이트보드에 바쁘게 펜을 굴리면서 히나코가 소리쳤다. 토네이도급 폭풍 때문에 머리가 성게처럼 곤두섰을 때 미하라 씨와 겐 씨가 돌아왔다.

"그림자 무사가 걸어 다니는 광고가 된다는 건 주목도도 화제성도 좋을 것 같아."

다행이다, 합격점.

"그런데 모델은 누구로 할지 생각해 봤어?"

그렇다. 중요한 건 실현 가능한 아이디어인가 하는 점이다.

"오디션으로 정하면 어떨까 하는데요."

내가 대답했다.

"일곱 명인가. 시간이 빡빡한데. 단기간에 긁어모아도 레벨은 기대할 수 없고."

영화 공개는 겨울 방학 직전 토요일. 개봉 전에 화제를 불러일으키려면 11월 중에는 그림자 무사가 거리를 돌아다녀야만 한다.

"내 친구 중에서 잘생긴 애 일곱 명 모아 갖고 알바 시킬까?"

미사오가 농담처럼 말했다.

"고마워. 하지만 아마추어는 컨트롤이 힘들고 학교하고 조정하는 것도 큰일이야. 가능하면 신인 모델이나 배우, 연예인이면 좋겠어."

"J프로덕션 소속 연예인은 안 되나요?"

히나코가 물었다.

확실히 J프로 돈으로 하는 거니까 J프로 연예인을 기용하면 좋다. 앞으로 밀어 줄 일곱 명을 기용하면 영화와 소속 연예인을 함께 홍보할 수 있으니 일석이조다. 곧바로 미하라 씨가 J프로덕션에 문의하기로 했다.

인센티브

이날 돌아가는 길에 작은 사건이 있었다. 평소 받던 브레인스토밍 시급과는 별도로 보너스를 받은 것이다. 액수는 무려 5만 엔! 브레인스토밍 열 시간에 해당하는 금액이다. 우리가 사인한 영수증에는 '인센티브 지급'이라고 쓰여 있었다. 인센티브는 직역하면 '동기, 자극'이다. 일을 잘했을 때 나오는 보상을 그렇게 부른다.

"너희 덕분에 매출 목표를 달성할 수 있을 것 같아."

미하라 씨가 쿨하게 털어놓았다.

전략기획실은 기간 한정 돌격대다. '연내에 매출 목표 10억 엔을 달성하지 못하면 해산'이라고 회사와 약속했다 한다.

"테이크 어 초코로 10억 엔을 따냈고, 덤으로 치키치키도 지켰어. 그대로 매출이 오르지 않았으면 우리는 잘릴 판이었어."

치키치키의 일본 상륙 캠페인이 완벽하게 헛일로 끝나 M에이전시는 클라이언트를 실망시켜 버렸다. M에이전시를 대신할 광고 대행사는 얼마든지 있다. 팔리면 당연한 일, 팔리지 않으면 책임을 져야 한다.

"클라이언트의 온정 덕분에 하락세를 저지하는 전략을 프레젠테이션할 수 있게 되었지만, 물러설 데가 없는 상황이었어. 고교생 브레인의 아이디어가 먹힌 덕분에 M에이전시는 목이 달아나지 않은 거야."

치키치키는 올해 안에 유니폼을 리뉴얼하기로 했다. 까딱 잘못했으면 M에이전시는 연간 3억 엔이란 수입을 잃을 뻔했다.

"그럼 좀 더 써도 되잖아?"

그 말에 그 자리에 있던 모두가 미사오를 쳐다보았다.

"자동차라든가. 10억의 1퍼센트만 해도 1000만 엔이야."

미사오는 해서는 안 될 말을 했다. 무거운 침묵이 전략기획실을 감쌌다.

"착각하면 안 돼."

침묵을 깬 건 미하라 씨가 아니라 겐 씨였다.

"너희 아이디어에는 억 단위가 필요해. 그런데 아이디어는 뜬구름 같은 거야. 거기에 설득 재료를 더하고 그걸 가장 잘 살릴 수 있는 길을 생각하고 돈을 낼 가치가 있는 걸로 만드는 사람은 누구지?"

평소랑 다름없이 느긋한 말투, 하지만 그 목소리에 조용한 으름장이 담겨 있다.

"라이벌 회사에 좋은 일을 빼앗기고 내가 가장 분한 게 어떤 때일 것 같아? 똑같은 걸 생각했는데 선수를 빼앗겼을 때야. 머릿속에서는 뭐든 할 수 있어. 우주에 가든지 땅속 탐험을 하든지 자유야. 아이디어를 형태로 만드는 게 가장 어려운 일이야."

겐 씨 입에서 이렇게 말이 넘쳐나는 건 처음 봤다. 멍한 얼굴을 보인 적 없는 미하라 씨가 입을 쩍 벌리고 있었다.

"형태를 만드는 사람이 있기에 아이디어는 가치를 갖는 거야. 보물덩어리가 될지 무용지물이 될지, 그 차이를 잊지 마."

180센티미터의 커다란 키를 항상 어정쩡하게 굽히고 있는 겐 씨가 말도 못하게 커 보였다. 상냥하고 느긋한 오빠는 우리보다 훨씬 저 앞을 걷는 어른이었던 거다. 그 차이를 눈앞에 들이댄 듯했다.

"아이디어가 팔리든 안 팔리든 너희는 아무런 리스크도 지지 않아. 우리는 기업이야. 이기면 몇 억짜리 일이어도 지면 몇 백만이나 되는 돈과 시간과 노력을 버리게 돼. 프레젠테이션을 계속 이겨 나가지 않으면 살아남을 수 없어."

"우리 충분히 보상받고 있어."

히나코가 말했다.

"그런 거……. 나도 알아."

이 대답을 끝으로 미사오는 책가방을 들고 전략기획실을 뛰쳐나갔다.

"죄송합니다. 저……."

겐 씨는 갑자기 횡설수설하더니 미사오가 두고 간 인센티브 봉투를 쥐고서 방을 나갔다.

"드디어 진짜 가족처럼 됐네."

미하라 씨는 어쩐지 기뻐 보였다.

"우리 말이야, 원래 사이가 나쁘지는 않았지만 딱히 친하지도 않았어. 미쿠니 씨나 나나 드라이하니까. 하지만 마코랑 미사오랑 히나코가 합세하고 가족 같은 분위기가 되었어."

미하라 씨는 엄마 같기도 하고 언니 같기도 한 눈으로 우리를 바라보았다.

"좀 충격받았을지 모르지만 겐이 말한 건 나도 생각하고 있던 거야. 생판 남이면 이런 말까지 하지 않았을 테지만 너희는 그냥 내버려 둘 수 없으니까."

나도 히나코도 충격을 받았다. 하지만 싫지는 않았다. 어른이 진심으로 부딪쳐 온 게 나쁘지 않았다. 어른 세계의 규칙. 광고 세계의 규칙. 겐 씨는 아주 중요한 것을 동생들에게 가르쳐 주었다.

그런 말을 꺼낸 미사오의 기분도 나는 아플 만큼 잘 알았다. 미사오는 돈이 필요한 게 아니다. 그저 자신이 필요한 사람이라는 걸 확인하고 싶었던 거다. 숫자처럼 알기 쉬운 걸로 인정받아서 자신은 쓸모없는 존재가 아니라고 안심하고 싶었던 거다. 미사오도 그런 마음을 갖고 있다는 게 뜻밖이었다. 어쩌면 미사오를 풀 죽게 만든 일이 최근에 있었는지도 모른다. 미사오를 쫓아간 겐 씨가 사례와 함께 "고마워."라는 말을 전할 수 있기를 나는 간절히 빌었다.

히트

10월 두 번째 수요일. 전략기획실에 모인 우리가 처음 내뱉은 말은 "짱이야!"였다. 지난번에 그런 일이 있어서 미사오가 거북해할까 봐 걱정했는데 그 한마디에 날아가 버렸다.

1일에 발매된 테이크 어 초코는 폭발적인 판매고를 올리고 있었다. 무슨 일이 있어도 TAKE와 초콜릿 공장 견학을 가겠다며 닥치는 대로 사들이는 여자아이들 덕분이었다. 소매용 50개들이 박스를 통째로 사 가는 용자마저 나타났다. 상품이 품절된 가게에서는 나중에 사러 온 아이들이 큰 소동을 일으켜서 폭동이 일어날 지경이었다.

그런 소문이 입에서 입으로 퍼져 초콜릿은 점점 더 많이 팔렸다. 나랑 미사오랑 히나코도 역 매점이나 편의점에서 눈에 띄는 대로 초콜릿을 사들였는데, 그때마다 누군가와 손이 부딪혔다. 진짜로 《찰리와 초콜릿 공장》 같았다. 어린 시절의 기억을 현실이 쫓아가고 있는 듯해서 우리는 어쩐지 유쾌했다.

하지만 인기에 불이 붙은 건 TAKE만이 아니다. 녹아드는 달콤함은 남자아이나 어른에게도 좋은 평을 받았다. 초콜릿 바다에 녹아드는 TAKE를 흉내 내서 몸을 구부린 채 먹는 게 유행했다. 테이크 어 초코는 히트 상품을 넘어 하나의 사회 현상이 되었다. 매장에 무리 지어 모인 여자아이들 사진이 '초콜릿 전쟁'이라는 타이틀을 달고 전국지를 장식했다. 광고료로 환산하면 2000만 엔짜리여서 거래처는 엄청나게 기뻐했다.

'초콜릿 전쟁'은 유행어가 되었다. 내가 다니는 학교에서도 테이크 어 초코는 대인기였다. 여름 방학 그룹 인터뷰 이래 말을 트게 된 사에코가 "맛있어."라고 홍보해 준 덕분에 반 아이들이 줄을 이어 샀다. 사에코는 초콜릿뿐 아니라 나까지 팔아 주었다. 사에코가 문화제 실행 위원장으로 뽑히자 나를 부위원장으로 지명한 것이다. 반에서 가장 눈에 띄는 사에코와 있는지 없는지도 모르는 나. 둘 사이에 무슨 일이 있었느냐며 반 아이들은 신기해했다.

문화제 행사를 정할 때 반 아이들 의견이 '연극'과 '찻집'으로 갈렸는데, 사회를 보던 나는 "그러면 연극 찻집을 하자."고 제안했다. 신데렐라나 백설 공주, 피터팬, 손오공……. 동서고금을 막론하고 이야기에 등장하는 인물로 분장한 점원이 쇼 타임에 연극을 공연한다. '온 스테이지'라는 가게 이름을 즉흥적으로 붙였더니 교실이 술렁거렸다.

M에이전시의 브레인스토밍에 비하면 식은 죽 먹기였지만 문화제가 대성공으로 끝난 뒤 반 아이들이 나를 보는 눈이 싹 바뀌었다.

야마구치 마코 16세, 인생에서는 첫 번째 히트였다.

물론 학교나 학부모 교사 연합회 사이에서 테이크 어 초코의 인기를 문제 삼는 목소리도 나왔다. 그레코제과에 걸려 오는 전화 대부분은 상품을 더 많이 진열해 달라는 소비자의 불만이었지만, 일부는 교사나 보호자의 클레임이었다. 아이들의 경쟁심을 부채질해서 쓸데없는 걸 사게 만드는 건 교육상 좋지 않다나 뭐라나.

누구보다 열심이었던 건 우리 엄마였을지도 모른다. 출시일에

테이크 어 초코를 사 들고 온 내게 "그런 광고에 넘어가다니."라며 엄마는 과장되게 질렸다는 표정을 지었다. 그래서 이튿날에는 내 방에서 몰래 먹었는데, 엄마가 휴지통에 버려진 포장지를 재빠르게 발견했다고 할까, 아니 발굴해 버렸다. 더구나 네 상자 분량. 동생 미노루 방에서도 입막음용으로 준 두 상자의 잔해가 발견되었다.

"허투루 쓸 거면 용돈 안 줄 거야."

엄마에게 경고를 받았다. 우리 집에서는 무엇에 필요한 돈인지를 밝히지 않으면 용돈을 받을 수 없다. 쪼잔한 시스템이다. 대개 참고서값이나 모의고사 시험장에 가는 교통비처럼 엄마가 좋아할 만한 먹이로 용돈을 낚는데, 산 증거를 보여 주어야만 하니까 슬쩍할 수 있는 건 잔돈 정도뿐이다. 애초에 초콜릿에 쏟아부을 여유 따위 없다.

전략기획실에 다니며 난 그제야 겨우 지갑이 필요한 몸이 되었다. 동전 지갑이 아니라 지폐가 들어가는 지갑. 만 엔짜리 지폐 같은 거, 그때까지는 갖고 다닌 적이 없으니까.

내가 '초콜릿을 마구잡이로 샀다'는 보고를 받고 아빠가 전화를 걸어 왔다. 귀중한 평일 밤을 한 시간이나 소비하면서까지 바보 딸을 바보처럼 정중하게 타일렀다.

"당첨되는 건 몇 천 명 중 한 명 될까 말까야. 복권보다 당첨 확률이 적으니까. 많이 사면 당첨될 거라고 생각해서 사들이는 거, 메이커가 노리는 게 그거야."

나는 웃음이 터지려는 걸 참으면서 간신히 듣고 있었다.

그 캠페인을 기획한 건 나랑 내 친구들이라고요.

캐스팅

이날 모인 건 영화 〈7인의 그림자 무사〉 홍보 캠페인 사전 협의를 위해서다.

"세상엔 이런 일도 있지 뭐야."

뜸들이면서 미하라 씨가 말을 꺼냈다. 프로모션용 그림자 무사역을 맡아 줄 연예인이 있는지 J프로덕션에 문의했더니 '딱 맞는 그룹이 있다'는 대답이 돌아왔다. 추신구라(18세기 봉건 시대를 배경으로 한 연극, 47인의 사무라이 충신이 주군을 살해한 원수에게 복수하는 이야기로 작중에서 이들이 원수를 습격한 날짜가 12월 14일이다) 습격일인 12월 14일에 데뷔하는 7인조 그룹, 이름도 SAMURAI다.

사쓰마(SATSUMA)

아키(AKI)

무사시(MUSASHI)

우젠(UZEN)

류큐(RYUKYU)

아와지(AWAJI)

이즈미(IZUMI)

멤버 출신지의 옛 이름을 예명으로 하여 세로로 길게 늘어놓고 보니 우연히도 SAMURAI가 되었다. '세계에 통용될 일본 남아 집단'이라는 콘셉트에도 딱 맞고, 외국인한테도 통할 국제어라는 점에서 그대로 그룹 이름이 되었다 한다. 일본과 홍콩과 대만에서 데뷔 앨범과 사진집(일본 남성의 전통 속옷인 훈도시 차림도 있다!)을 동시 발매하기로 했다. 타이틀은 모두 SAMURAI. 어디에 내놓아도 부끄럽지 않을 야심작이지만 녹음과 촬영이 예정과 달리 길어져서 데뷔 프로모션이 늦어졌다. 데뷔까지 세 달을 남기고 J프로덕션은 초조함을 느꼈다. 그때 마침 '그림자 무사 모습을 하고 TARO 주연 영화의 걸어 다니는 광고탑이 되어 달라'는 M에이전시의 제안이 들어왔다.

J프로덕션이 결단을 내릴 때까지 사흘 걸렸다. 아직 무명이기

는 해도 소중한 상품인 소속 연예인을 거리에 내보내는 건 너무 위험하다. 싸움이나 사고에 말려들 수도 있고 싸구려 이미지가 붙을지도 모를 일이다. 잘되면 영화와 연예인 모두 팔린다. 하지만 실패하면 영화에도 흠이 생긴다.

도박이었다. 고민하던 J프로덕션에 모험할 용기를 준 것은 SAMURAI 자신들이었다. 〈7인의 그림자 무사〉 주역인 TARO와 SAMURAI의 7인이 "재밌겠다, 하자!"라고 의기투합했다. 망설임 없는 반응에 기획사는 고민을 털어 버렸다.

"그림자 무사를 할 본인들이 할 맘이 있어서 얘기가 착착 진행된 거야."

미하라 씨는 한숨 돌리고 계속했다.

"그래서 오늘 만나러 왔어."

"거짓말!"

"레알?"

"진짜다요?"

우리는 한꺼번에 소리쳤다.

금방 데뷔할 진짜 연예인을 만날 수 있다니! 더구나 TARO와 같은 J프로덕션이라는 건 히트할 게 확실하다는 거다. 지금 사인 받아 둬야 해!

"실은 벌써 여기 와 있어. 지금 4층에서 의상 피팅 중이니까, 슬슬 올 때가 됐는데."

4층 크리에이티브팀 층에 있는 캐스팅팀은 연예인의 출연 교섭과 스케줄 조정 창구다. 업계에 연줄이 있고 안면이 있기 때문에 애기가 잘 통한다. 테이크 어 초코 때 TAKE 스케줄 확인도 담당자가 매니저와 잘 아는 사이여서 전화 한 통으로 끝났다.

캐스팅팀에는 오디션을 보러 온 사람들이 옷을 갈아입을 수 있게 피팅룸이 설치돼 있다. 그 안에서 SAMURAI 멤버가 그림자 무사 의상을 입어 보고 있다. 의상은 예산 때문에 유명 디자이너한테 발주하지 못했다. 대신 M에이전시 사내에서 디자인 공모를 했고 우리랑 젊은 사원을 대상으로 인기투표를 했다. 어떤 디자인이 뽑혔는지 우리는 모른다. 평면이었던 디자인은 3차원 의상이 되었고, 미래의 스타가 그것을 몸에 두르고 이제 곧 전략기획실에 나타난다.

노크 소리가 들리자 우리는 등을 곧추세웠다.

"들어오세요."

미하라 씨의 차분한 목소리는 평소와 다르지 않다.

열린 문으로 시선이 빨려 들어가고……. 들어온 건 겐 씨와 미쿠니 씨였다.

"에이."

미사오 어깨에서 대놓고 힘이 빠진다.

"실망하지 마. 이래 봬도 M에이전시 2대 스타야."

미쿠니 씨가 올백 머리를 양손으로 쓰다듬었다. 머리가 핑 돌 것 같은 어른 남자의 매력. 하지만 SAMURAI 일곱 명 앞에서는 빛이 바랠 것이다.

"겐 씨, 자기랑 갭이 크다고 고민하지 마. 상대는 연예인이니까."

"미사오야말로 전혀 상대 안 해 준다고 풀 죽지 마."

미사오와 겐 씨가 중년 부부처럼 서로 놀리고 있는데 다시 문 두드리는 소리가 들렸다.

"들어오세요!"

미하라 씨가 말하자 문이 천천히 열렸다.

매니저인 듯한 자그마한 여성 뒤로 우뚝 솟은 일곱 개 그림자. 이번에야말로 진짜다! 문을 지나 은빛 하카마(주름 잡힌 일본 전통 바지)로 몸을 감싼 헤이세이(1989년부터 사용하는 일본 연호) 사무라이들이 들어왔다. 검게 빛나는 메탈릭 소재를 살리고, 불필요한 장식을 없앤 디자인. 허리에 꽂은 검에서는 레이저 광선이 뿜어 나올 것 같다. SFX영화 세계에서 온 귀빈을 맞이한 것처럼 터무니없는 등장감에 압도되었다. 우리는 모두 자리에서 일어나 입을 '아' 하고 벌린 채 얼어붙어 버렸다.

"실례합니다. J프로덕션에서 SAMURAI를 담당하고 있는 사카이라고 해요."

앞서 들어온 여성이 미쿠니 씨에게 명함을 내밀었다. 나이는 미하라 씨보다 조금 적어 보인다. 30대 초반쯤? 검은색 바지 정장에 꼿꼿한 작은 몸, 눈썹 위로 가지런히 자른 앞머리, 뾰족한 턱, 쭉 뻗은 콧날, 여우 눈에 은테 안경……. 무척 머리 좋은 우등생 같다. 사카이 씨는 이어서 미하라 씨, 겐 씨와 명함을 교환했다. 그리고 우리 고교생 브레인에게도 마찬가지로 명함을 내민다.

"어? 저희도요? 괜찮겠어요?"

M에이전시 이외의 회사원한테 명함을 받기는 처음이다.

"죄송해요. 저희는 명함이 없어서……."

히나코가 미안해하며 말했다.

"그런데 그게 있지."

미하라 씨가 나서서 우리한테 작은 상자를 건네주었다. 주식회사 M에이전시 이름이 박힌 명함이다.

'마케팅본부 전략기획실 고교생 브레인'이라는 긴 직함 밑에 각자의 이름과 M에이전시의 주소와 전화번호가 들어가 있다. 뒷면은 영어, QR코드도 들어가 있다. 전략기획실 세 사람과 같은 디자인이다.

"자, 건네드려. 자기 명함은 한 손으로 건네는 거야."

당황하는 우리에게 겐 씨가 평소보다 더 오빠 같은 말투로 귀띔했다.

"고교생 브레인인 야마구치 마코예요."

목소리가 떨리고 명함을 든 손도 떨렸다. 미사오와 히나코도 긴장했다. 탈 없이 명함 교환이 끝나자 SAMURAI 멤버들이 짧게 자기소개를 했다.

"리더인 사쓰마, 열여덟 살. 출신지는 가고시마입니다."

"아키, 열일곱 살이고요. 중학교 졸업할 때까지 히로시마에 살았어요."

"가장 어린 열네 살 무사시예요. 도쿄 출신이에요."

"우젠, 열여섯 살입니다. 태어난 곳도 자란 곳도 야마가타입니다."

"류큐, 열일곱 살입니다. 오키나와에서 왔어요."

"아와지섬 출신 아와지입니다. 열일곱이에요."

"이즈미예요. 오사카 출신. 내일로 열여섯이 돼요."

평균 나이는 열여섯. 우리랑 거의 같은 또래다. 한 번 본 순간 나는 우젠한테 빠졌다. 부서질 만큼 섬세하고 위태로워 보이는 분위기가 내 취향과 멋들어지게 들어맞는다. 눈의 나라에서 자란 탓인지 비칠 듯 하얀 피부는 히나코조차도 당해 낼 수 없다. 팔다리와 목이 길고 머리가 아주 작다. 만화에 나오는 미소년처럼 균형도 이상적이다.

TAKE와 나란히 서 있어도 나는 우젠을 고를 것이다.

단연코.

히나코의 눈은 류큐에게 못 박혀 있다. 갈색 피부와 이목구비가 또렷한 남방계 얼굴. 히나코와 나란히 있으면 흑백이 선명하게 나뉠 터이다. 자기한테 없는 걸 찾는 알기 쉬운 예일지도 모른다. 미사오는 편안한 표정으로 SAMURAI를 둘러본다. 내가 품질 평가를 해 주겠어, 라고 말하는 듯이. 또래와 연애 놀이 하는 데 질린 미사오는 최근 "앞으로는 어른 남자."를 입버릇처럼 달고 있다.

제휴

"좁아서 민망하지만 우선 앉으세요."

미하라 씨가 의자를 권했다. 이만한 인원이 탁자를 둘러싸는 건 어려운 일이라 의자를 벽에 바짝 붙여서 원을 만들었다. 수건 돌리기라도 시작할 듯한 분위기다.

"지난번에 사카이 씨한테 얘기한 대로 길거리 프로모션은 10월 마지막 일요일부터 시작하고 싶어요. 내용에 대해서 의견이나 희망 사항이 있으면 이 자리에서 구체적으로 정하고 최종 조정하는 걸로 하면 어떨까요?"

미하라 씨가 말하는 동안 우리 모두는 A4 세 장짜리 인쇄물을 받았다. 첫 번째 장은 스케줄 표다. 그림자 무사가 거리에 나가는 건 10월 네 번째 일요일부터 11월 세 번째 일요일까지 총 네 번의 일요일. 장소는 하라주쿠, 신주쿠, 이케부쿠로, 시부야 순이다.

"10월 마지막 주면 핼러윈이네요."

사카이 씨가 물었다.

"맞아요. 일부러 그때로 잡았어요."

그림자 무사의 행방은 FUNNY FM 시부야 라디오 스튜디오에서 중계하며, 제보된 목격자 정보를 생방송으로 알려 준다. 첫날과 마지막 날에는 시부야 스튜디오에 그림자 무사가 출연해 〈7인의 그림자 무사〉를 홍보한다. 휴대 전화 사이트 '그림자 무사를 찾아라'에서는 그림자 무사 QR코드 랠리 실시일에 출몰 정보를 알리는 한편, 프로필 소개와 질문 코너를 만들어 수수께끼에 싸인 그림자 무사의 베일을 조금씩 벗겨 간다.

"4주 동안에 얼마나 팬이 생길지 볼만하겠어요."

도박을 점치는 사람처럼 사카이 씨가 말했다. 예능 프로덕션 입장에서 소속 연예인은 상품이나 마찬가지다. 상품에 어느 정도 가격이 붙을지는 매니저를 필두로 한 스태프 실력에 달려 있다. 거기에는 역시 마케팅 발상과 전략이 필요하다. J프로덕션은 '영화 프로모션의 간판으로서 기용한다.'라는 M에이전시의 전략에 승부를 걸었다. 대박이 날지 어떨지는 뚜껑을 열기 전까지 알 수 없다.

"영화에 투자하는 PX 텔레비전과도 간신히 제휴를 체결했어요. 취재 그룹이 그림자 무사를 추적해서 마지막 날 밤에 특집 방송을 내보낼 거예요."

미하라 씨가 말을 이었다.

텔레비전이란 말을 듣고 SAMURAI의 얼굴이 확 밝아진 것을 우리는 놓치지 않았다. 앞으로 데뷔할 그들에게 텔레비전에 나가는 것은 아직은 특별한 일인 모양이다. 그들이 주역이 될 기회는 아마 이제부터 찾아오겠지. 나한테도 그들의 떨림 같은 기운이 느껴졌다.

"텔레비전 카메라가 있으면 지나다니는 사람들도 주목할 거예요."

사카이 씨가 만족스러운 듯이 고개를 끄덕였다.

영화 공개 전날에는 PX 텔레비전 옥션 프로그램에 출연하기로 교섭을 끝냈다. 경매에 낼 상품은 아직 정해지지 않았다.

"이 의상은 어떨까?"

가장 어린 무사시가 멤버를 둘러보았다.

"우리랑 같이 〈7인의 그림자 무사〉를 보러 가는 건 어때?"

아키가 말했다.

"안 팔리쀼면 우짤긴데."

이즈미는 오사카 사투리로 걱정했다.

프린트 두 번째 장은 그림자 무사 QR코드 랠리 설명이다.

"말하자면 사인 랠리의 바코드 판이에요."

미하라 씨가 내건 보드에는 QR코드가 일곱 개 늘어서 있다.

"여러분 프로필을 2차원 바코드로 만들었어요. 예를 들면……."

미하라 씨는 옆에 있던 겐 씨에게 보드를 넘겼다. 그러고는 가장 왼쪽에 있는 QR코드를 휴대 전화로 찍어서 읽어 들이기 버튼을 누르고 리더인 사쓰마한테 넘겼다.

"아아! 이거 저네요?"

휴대 전화를 들여다본 사쓰마가 소년처럼 환성을 질렀다. 사쓰마의 QR코드를 읽어 들이면 화면에 캐리커처가 나타나는 구조다.

"진짜 닮았다, 닮았어!"

옆에서 들여다본 아키가 웃자 다른 멤버도 "보여 줘, 보여 줘!" 하며 소란을 떨었다. 캐리커처는 잘나가는 일러스트레이터 올리브 씨가 그렸다. 본명 오리이 시노부 씨. 미하라 씨의 술친구이며 J프로의 왕팬이다. "이 일 수락하면 TARO 사인 받아다 줄게."라고 미하라 씨가 제안해서 파격적인 우정 요금으로 일을 맡아 주었다. 휴대 전화 화면을 스크롤하면 캐리커처 밑에 프로필이 나타난다.

"사쓰마, 18세, 가고시마 출신, 특기는 서핑."

휴대 전화를 받아 든 우젠이 소리 내어 읽었다.

"이 QR코드를 칩 같은 거에 인쇄해서 여러분 의상에 꿰매 붙일 거예요."

미하라 씨 말에 "어어!" 하고 SAMURAI가 웅성거렸다. 의상 한 벌에 칩 100개를 박아 넣는다. 그것이 무사 의상 장식이 된다. 휴대 전화 배경화면이 될 캐리커처를 일곱 명분 모으면 영화 〈7인의 그림자 무사〉를 무료로 볼 수 있다. 네 명 이상 모으면 관람료가 1,000엔으로 할인된다.

"그렇지만 캐리커처를 전송하거나 어떻게든 나돌게 될 거예요."

사쓰마가 리더답게 날카로운 지적을 했다.

"진짜. 그림자 무사를 쫓아다니지 않아도 편하게 모으겠어."

무사시도 걱정한다.

"영상에 전송 방지 장치를 하는 것도 검토해 봤는데 전송받아서 손에 넣는 것도 괜찮지 않을까 싶었어요. 화제를 일으키고 극장에 사람을 모으는 게 목적이니까요."

손님 앞이라서 미하라 씨는 평소보다 말투가 정중하다.

우리가 브레인스토밍에서 내놓은 '그림자 무사 만주'와 '그림자 무사 스티커 사진'은 준비 기간이 너무 짧아서 실현하기 어렵다는 결론이 나왔다. 그 대신 치키치키에서 기간 한정 '그림자 무사 버거'를 판매하기로 했다. 재료가 일곱 가지 들어간 트리플 사이즈 버거에 감자튀김과 음료를 끼워서 777엔. 치키치키의 타깃과 영화 타깃이 겹치기 때문에 양쪽에 다 유리한 제안이었다.

프린트의 세 번째 장은 영화 공개 후 프로모션에 대한 것이다.

첫째, 각 영화관에서 선착순 777명에게 SAMURAI 특제 향 세트를 선물한다. 이 행사는 〈7인의 그림자 무사〉 공개 전날 석간에 실리는 광고 일부를 빌려서 알린다.

둘째, 〈7인의 그림자 무사〉 관람권 반쪽을 보내면 추첨해서 777명에게 SAMURAI의 사인이 들어간 보자기를 선물한다. 응모 방법 등 상세한 건 티켓 뒷면 광고로 알린다.

"SAMURAI 여러분은 영화에는 나오지 않으니까 〈7인의 그림자 무사〉와 제휴해서 갑니다."

미하라 씨가 설명을 덧붙였다.

영화 시사회 같은 데서 화장품을 나눠 주는 것과 같은 이치다. 이번 프로모션은 J프로덕션이 영화를 위해 자기 돈을 들여 하지만 신문 광고나 티켓 뒷면 광고는 영화사가 부담한다.

"그리고 SAMURAI 광고용 팸플릿을 따냈어요. 실은 오늘이 팸

플릿 소재 마감이었는데 모레까지 기다려 달라고 했으니, 당장 준비해 주시겠어요?"

소재 전달은 인쇄소에 원고를 넘기는 일이다. 텍스트와 이미지를 최종 구성한 소재를 넘긴다. 미하라 씨가 너무 멋져서 난 푹 빠져들었다. 보통은 영업자나 매체 담당자가 하는 비용 조율과 광고란 교섭 같은 걸 혼자서 해내고 있다.

"시간과 예산이 거의 없는데도 잘 마무르고 계시네요."

사카이 씨가 고개를 깊이 숙였다. 비용에 대해서는 잘 모르는 SAMURAI도 예의 바르게 고개를 숙였다. 의상 디자인은 M에이전시 사내 공모로 싸게 넘어갔지만 봉제 비용이 300만 엔을 넘었다. QR코드 칩을 박아 넣는 수작업비가 포함된 금액이어서 이 정도도 싸게 먹힌 거라 한다. J프로덕션과 전속 계약을 한 의상 업체가 애써 주었다.

'그림자 무사를 찾아라' 페이지는 FUNNY FM 휴대 전화 사이트 내에 설치해서 운영비를 상당히 절약할 수 있다. 남은 건 이동 차량비와 바람잡이 아르바이트 비용 정도다. 특제 향과 보자기는 원래 J프로덕션이 선물용으로 준비해 둔 것이고, SAMURAI의 출연료를 무시하면 500만 엔으로도 넉넉하다. 라디오와 텔레비전 방송국과 영화사의 제휴를 서둘러 정리한 M에이전시의 승리다.

수수료 15퍼센트로는 수지가 맞지 않아 이번 프로젝트는 인건비로 청구하게 되었다. 어떤 계산법인지는 알 수 없지만, 고교생 브레인 세 명분도 포함해서 300만 엔을 M에이전시에 지불하는 모양이다. 그래도 전국 일간지에 15단 광고를 한 번 할 때 드는 수수료에 비하면 별로 벌이가 되지 않는다. 5000만 엔에 15퍼센트를 곱한 750만 엔의 절반에도 못 미친다.

"앞으로 M에이전시하고 일할 때는 특별 가격으로 해 드릴게요."

사카이 씨가 진지하게 말했다. 이는 '이번 빚은 일로 갚겠습니다. 소속 연예인의 출연료를 할인해 드리겠습니다.'라는 말이다.

"SAMURAI는 공짜예요."

이즈미가 까불었다.

돈으로는 바꿀 수 없는 신뢰 관계를 쌓는 것이 광고 세계에서는 억 단위 가치를 낳는 경우도 있다. 전략기획실 사람들은 그걸 누구보다 잘 알고 있다. 회의는 한 시간 정도로 끝났다.

일어선 일곱 명의 SAMURAI를 앉아서 올려다보니 훨씬 더 커 보였다. 이런 사람들이 시부야와 하라주쿠를 걸어다니면 보기 싫어도 눈에 띈다. 히나코는 몇 번이나 류큐를 바라보고는 얼굴이 새빨개졌다. 누가 봐도 홀린 게 빤하다. 물론 류큐 본인도 눈치챘겠지만 끝까지 쿨했다. 전략기획실을 나섰을 때 매니저인 사카이 씨는 한 사람 한 사람 얼굴을 마주 보면서 인사했다.

"미쿠니 씨, 미하라 씨, 다카쿠라 씨, 정말로 신세졌어요. 그리고 야마구치 씨, 고모리 씨, 사사키 씨, 멋진 아이디어를 내 줘서 고마워요."

첫 만남인데 우리 이름을 모두 정확하게 기억하고 있어서 나는 입이 쩍 벌어졌다.

스캔들

SAMURAI 일곱 명과 사카이 씨를 배웅하려고 전원이 전략기획실을 나왔다. 맨 끝에 남은 나는 방을 나서기 전에 '어떤 일'을 했다.

"마코, 뭐 해?"

히나코 목소리에 난 움직일 수 없었다. 히나코는 벌써 나가지 않았나? 그 애 목소리가 평소와는 달리 질책하는 것처럼 느껴졌다.

"가방에 넣은 거 꺼내 봐."

"어? 아무것도……."

오른손을 내민 히나코는 내가 가방에 숨긴 게 뭔지 꿰뚫어 보았다. 나는 머뭇거리며 '그것'을 꺼내 탁자 위에 원래대로 올려놓았다. 폴라로이드 사진이다. 아까 피팅룸에서 SAMURAI의 우젠이 하카마 차림으로 찍은 것이다.

"부, 부적으로 삼으려고……."

"팔려고 그랬지?"

"그런 짓 안 해!"

"그럼 이건?"

히나코가 캐비닛 서랍을 열어 스토리보드를 한 장 꺼내 탁자 위
에 펼쳤다.

그걸 본 순간 나는 숨을 삼켰다.

"그거……. 어디 있었어?"

"내가 낙찰받았어."

낙찰받았다고? 무슨 소리지?

히나코가 펼친 건 테이크 어 초코 프레젠테이션에 준비했
던 TV-CF 스토리보드 복사본이었다. 내가 몰래 전략기획실
에서 빼낸 것. 그리고 잃어버린 것……. 눈에 띄는 곳에 찍힌
CONFIDENTIAL이란 도장의 뜻은 잘 안다.

복사하고 원래대로 돌려놓으면 안 들킬 거야.

그렇게 가벼운 생각이었다.

편의점에서 컬러 복사를 하고 집에 돌아갔을 때 원본을 복사기
에 그대로 놓고 온 걸 깨달았다. 서둘러 가 봤지만 남아 있지 않았
다. 편의점에 맡겨 놓은 분실물도 없었다.

누군가가 가져가 버렸다.

히나코에게도 미사오에게도 물론 미하라 씨를 비롯한 어른들에게도 상담할 수 없었다. 대외비인 걸 알면서 멋대로 가져간 데다가 잃어버린 걸 들키면 혼날 게 당연했기 때문이다. 나쁜 사람이 주워 갔으면 어쩌나 하고 걱정도 했다. 하지만 1주가 지나고 2주가 지나도 아무 일이 일어나지 않아서 가슴을 쓸어내렸다. 그러고는 잃어버린 스토리보드를 잊고 있었다. 아니, 잊으려고 했는지도 모른다. 히나코는 스토리보드를 둥글게 말아서 고무줄로 묶더니 조용히 탁자에 놓았다. 어째서 히나코가 그걸······.

"인터넷 옥션에 나왔어."

"거짓말!"

"우연히 발견했어. 공개된 직후였고 곧장 낙찰받았으니까 거의 소문이 나지는 않았어. 운이 좋았지."

히나코는 담담했지만 그 말이 가슴을 찔렀다.

몇 시간만 늦었더라면······. 나는 끔찍한 상상에 현기증이 났다. 스토리보드가 유출된 일이 클라이언트 귀에 들어갔다면 M에이전시는 잘렸을지도 모른다. 그랬으면 밸런타인데이 위드 TAKE 캠페인은 지금쯤······. 얼마나 엄청난 짓을 했는지 그제야 깨달은 나는 무릎이 덜덜 떨렸다.

"어떡하지, 히나코······."

"괜찮아. 아무한테도 말 안 했으니까."

떨리는 내 오른손을 히나코가 상냥하게 감쌌다. 그 가녀린 손가락으로 히나코는 컴퓨터 자판을 두드리고 TAKE 팬인 척을 하고 모르는 누군가와 거래를 성립시켰다.

"아까는 떠본 거지만 마코가 출품한 게 아니란 건 알고 있었어. 휴대 전화랑 컴퓨터 안 하잖아."

내가 인터넷에 약한 걸 히나코는 꿰뚫어 보고 있었다. 만약 휴대 전화를 갖고 있었다면, 적어도 디카를 갖고 있었다면 갖고 나가지 않고 사진을 찍었을 텐데.

"판매자 이력을 조사해 봤더니 처음 출품하는 사람이었어. 우연히 주워서 돈으로 바꾸려 한 거 같아. 일러스트는 전혀 TAKE 랑 닮지 않았고 팔리면 럭키 정도로 생각한 거 아닐까?"

조심스러운 히나코는 가명을 써서 대금 5,000엔을 입금하고 스토리보드 배송지는 친척이 경영하는 찻집으로 했다. 내가 모르는 새에 히나코는 내 스캔들을 무마하고 오늘까지 잠자코 있었다.

"하지만 또 그런 일이 일어나면 곤란해. SAMURAI 때는 조심하라고 오늘 얘기하려고 했어."

문 앞에서 내가 나오길 기다리다가 범행 현장을 목격해 버렸다. 남이 고생하는 줄도 모르고 계속하는 나를 보고 히나코는 기막혔을 게 분명하다.

"난 앞으로도 마코랑 같이 고교생 브레인을 하고 싶어. 그러니까 우리를 믿어 주는 사람들을 실망시키는 일은 하면 안 돼. 나도 마코도⋯⋯."

히나코의 말은 강하고 상냥하고 어떤 설교보다도 와 닿았다. 쥐고 있는 손 위에 눈물이 떨어졌다. 내 눈물인가 했는데 히나코였다. 용기를 내어 내가 상처받지 않게 조심히 말을 골라서 히나코는 나를 꾸짖어 주었다. 경박한 느낌이 들어서 고마워, 미안해라는 말을 할 수 없었다. 아무 말도 못하는 대신에 내 오른손을 감싼 히나코의 양손에 왼손을 겹쳤다.

시작

그림자 무사 QR코드 랠리 첫날인 10월 네 번째 일요일. 시부야에서 FUNNY FM 라디오 생방송에 출연한 뒤 하라주쿠 거리에 흩어진 SAMURAI 일곱 명은 일찌감치 주목을 끌었다. 하지만 정체는 수수께끼에 쌓여 있었다.

"핼러윈이라서 그림자 무사가 되어 봤어요."

"이 시대에 필요한 건 그림자 무사라고 생각해요."

방송에서는 이처럼 '그림자 무사'를 반복하면서도 그 이상은 말하지 않았기 때문이다. 일곱 명의 이름은 한자로 의상에 꿰매어 놓았는데 그것이 예명이라는 설명은 하지 않았다. "연예인인가요?"라고 사회자가 물어도 "보시는 대로 그림자 무사예요."라고 얼버무렸다. QR코드 랠리 마지막 날 특집 방송이 나갈 때까지 그림자 무사가 J프로덕션의 대형 신인이라는 건 공표하지 않는다. 그러는 게 여러 가지 소문이나 억측을 일으켜 화제를 모은다는 전략이었다.

아무런 정보를 흘리지 않아도 입을 모아 '그림자 무사'를 외치는 일곱 명이 영화 〈7인의 그림자 무사〉 프로모션과 관계 있다는 건 쉽게 연상할 수 있다. 일단 '7인의 출신지가 예명'이라는 걸 알아채면 멤버 이름의 알파벳 머리글자를 이어 SAMURAI가 된다는 사실을 깨닫는 건 시간문제다. 〈7인의 그림자 무사〉 주연인 TARO와 같은 소속사, 즉 J프로덕션에서 대형 신인 그룹이 데뷔할 거라는 소문도 어디선가 흘러나와 자연스럽게 퍼질 것이다.

모든 걸 다 밝히기보다 비밀이 있는 게 호기심을 돋운다. SAMURAI 신화를 키우겠다며 J프로덕션은 투지를 불태웠다. 내가 그 계획을 짜는 쪽에 있다니 신기하고 스릴 넘치고 오싹오싹하다.

우리는 전략기획실 세 사람과 함께 직접 거리로 나갔다. 나는 우젠을, 히나코는 류큐를 쫓아다니고 알바비를 받을 수 있어서 기분이 좋았다. 첫날에만 바람잡이를 고용했다. 바람잡이는 그룹 인터뷰에 온 오피니언 리더들에게 도움을 받아 모았다. 미소년 그림자 무사를 두 시간 정도 쫓아다니기만 하는데 3,000엔이란 소리를 듣고 30명이 달려들었다. 바람잡이는 그림자 무사로 분장한 SAMURAI를 둘러싸고 리포터가 마이크를 들이대듯이 휴대 전화를 들이대며 찰칵찰칵 사진을 찍었다. 모여든 아이들의 휴대 전화와 디지털카메라가 더해지면서 플래시가 번쩍거린다. 이상한 무사 차림을 한 미남 주위에 여고생이 모여든 모습은 자석처럼 죽죽 사람을 끌어 모았다. 이상한 것 재미난 것에 굶주린 카메라 앞에 갑자기 나타난 근 미래 그림자 무사는 아주 좋은 피사체다. 그들은 곧 빅스타가 되고 그 사진은 희귀한 보물이 될 것이다. 하지만 지금 그걸 아는 사람은 우리뿐이다.

"지금 하라주쿠인데 대박 멋진 남자가 있거든. 그래, 그래, J프로계."

아이들이 여기저기서 휴대 전화로 실황 중계를 했다. 하는 김에 사진도 보낸다. 소문을 들은 아이들이 실물을 보려고 몰려든다. 구름처럼 모인 사람을 보고 더욱 많은 사람이 모여든다. SAMURAI는 사진 촬영에도 기꺼이 응해 주었는데 절대로 웃지는 않았다. 헤실헤실한 연약한 젊은이와 달리 헤이세이의 무사는 쿨한 사나이다. 눈썹 하나 까딱하지 않고 웃기는 짓을 해내기 때문에 오히려 신경 쓰인다. 그런 캐릭터 설정도 J프로덕션의 전략이었다. 그러는 동안 바람잡이가 휴대 전화를 의상에 대고 있는 걸 누군가 눈치챘다.

"왜 얼굴이 아니라 의상을 찍는 거야?"

"뭔가 붙었어?"

질문 공세를 받은 바람잡이는 적당히 대답한다.

"잘 모르겠지만 하카마 무늬가 QR코드로 돼 있어서."

"읽어 들이면 캐리커처가 나온대."

"다 모으면 영화가 공짜래."

"사이트도 있나 봐."

알쏭달쏭하게 해 두면 소문은 더 잘 퍼진다.

"'아무래도 ~인가 봐.' 하는 말은 꼬리지느러미랑 등지느러미야."

겐 씨 방식으로 말하면 그렇다.

QR코드 랠리는 눈 깜짝할 사이에 퍼져 나갔다.

거리 프로모션 두 번째인 11월 첫째 일요일. '출몰 예정 시각은 정오'라는 발표가 있었다. 그런데도 신주쿠 알타 빌딩 앞에는 아침부터 아이들이 모여서 들썩거리고 있었다. 모인 아이들은 오전 8시에 이미 100명을 거뜬히 넘었다. 휴대 전화와 망원경을 들고 뛰어다니는 여자아이들을 언론은 '그림자 무사 와처'라고 이름 붙였다. 더 이상 바람잡이는 필요 없었다. 그림자 무사 차림을 한 SAMURAI는 거리 여기저기에서 차례차례로 발견되어 와처에게 둘러싸였다.

사쓰마는 헌옷 가게에서 바지를 보고 있었다.

아키는 치키치키 신주쿠점에서 그림자 무사 버거를 먹고 있었다.

무사시는 자전거를 빌려서 야스쿠니 도로를 달렸다.

우젠은 신주쿠역 근처 드러그스토어에서 위장약을 사고, '그림자 무사님'이란 이름으로 영수증을 받았다.

류큐는 크레이프 가게 앞에 줄을 섰다.

아와지는 서점에 서서 《7인의 그림자 무사》 문고본을 읽고 있었다.

이즈미는 길가 벤치에 누워서 자고 있었다.

공식 사이트에는 목격자들의 정보가 줄줄이 올라왔고 아이들은 그림자 무사를 뒤쫓았다. 그 반응은 놀라울 만큼 빨라서 헌옷 가게에서 사쓰마가 나오자 이를 알아챈 아이들이 가게 앞에 구름처럼 몰려들었다. 그 아이들이 사쓰마의 다음 목적지를 알렸다.

개중에는 거짓말이나 희롱도 섞여 있었다. 일부러 틀린 장소를 알려 주고 사람들을 휘둘러 대며 즐거워하는 유쾌범도 있었다. 그러면 곧장 '그 정보는 가짜. 진짜는 반대 방향에 있음.'이라는 수정 정보가 올라온다. 그게 또 가짜일 때도 있다. 이름을 훈독으로 읽어서 아키(安芸)를 '야스게이'라고 하거나, 우젠(羽前)을 '하네마에'라고 하는 정보도 드물게 교환되었다. 정보가 흐트러지자 그림자 무사 찾기 게임은 점점 더 열기를 띠었다.

그날 밤 나는 엄마와 집에 와 있던 아빠에게 추궁을 당했다.

"누나가 그림자 무사 쫓아다닌대."

미노루가 말실수를 한 것이다.

"도서관 자습실에 간 거 아니었어?"

엄마가 눈을 치떴다.

"엄마한테 거짓말하고 놀러 간 거니?"

아빠가 날카롭게 말했다.

"논 거 아니야. M에이전시 일을 도운 거야."

"M에이전시?"

엄마 아빠가 입을 모아 물었다.

수다쟁이 미노루 때문에 M에이전시에 다니는 건 진작 들켰지만 그것까지는 일단 묵인되었다.

"내년에는 수험생인데, 그런 일 할 여유가 어딨어?"

엄마 태도는 부정적이었지만 그렇다고 적극적으로 반대할 이유도 없었다. 아빠는 내가 머리를 물들이지도 않고 화장을 하지도 않고 이상한 남자와 사귀지도 않고 성실하게 학교에 다니면 그걸로 됐다는 태도였다. 그런데 순간적인 변명이 오히려 틀어져서 M에이전시는 순식간에 나쁜 놈이 되었다.

"고등학생한테 아르바이트로 연예인을 쫓아다니라고 하다니 제정신인 거야?"

"대체 M 뭔가 하는 광고 회사는 들은 적도 없어."

아빠가 근무하는 회사 광고는 업계 1, 2위인 광고 대행사가 만든다. 브랜드를 지향하는 아빠에게는 그 외에는 제대로 된 회사로 보이지 않는 거다.

"애당초 광고 회사 장사라는 게 불확실한 거야. 아무것도 만들지 않잖아."

"그렇지 않아! 광고 회사는 니즈를 만들어!"

아빠 말에 나도 모르게 반론했다.

사쿠라음료가 캔 홍차를 만들고 그레코제과가 초콜릿을 만들듯이 M에이전시는 니즈를 만든다. 소비자의 호기심과 갖고 싶은 마음을 끌어낸다. 그건 아주 두근거리는 일이다. M에이전시 어른들에게 주워들은 얘기인데 엄마 아빠한테 잘 전해졌는지는 모르겠다. 이제 M에이전시는 상관하지 말라고, 그렇게 말씀하실 걸 나는 각오했다.

"마코, 1학기 기말 시험 반에서 몇 등이었니?"

엄마가 물었다.

"어, 아마 21등."

사실은 잊어버리고 싶은데 똑바로 기억하고 있다. 내 생일이 2월 1일이니까.

"2학기 기말 시험 때는 10등 안에 들도록 노력해. 그러면 엄마는 아무 말도 않을게. 앞으론 서툰 거짓말 안 해도 되니까."

나는 성적 만능주의자인 엄마의 단순함이 고마웠다.

10등 안에 들기만 하면 된다.

그날 밤부터 나는 맹렬하게 공부했다.

오직 고교생 브레인을 계속하기 위해서.

브레이크

거리 프로모션 세 번째인 11월 두 번째 일요일은 아침부터 꽤나 선선했다. 그러나 여자아이들의 열기가 부글거리는 이케부쿠로 선샤인 앞에는 코트를 입은 아이가 한 명도 없었다. 그림자 무사 와처들은 공식 사이트에서 얻은 정보 말고도 그들끼리 메일링

리스트를 만들어 정보를 교환했다.

　지금까지 그림자 무사를 쫓아다니며 얻은 교훈을 살려서 '발견 매뉴얼'을 만들어 파는 편승 상법도 나타났다. 7인을 구분하는 일람표, 하라주쿠, 신주쿠에서의 행동 패턴 분석, 저마다의 취미와 좋아하는 음식을 기반으로 예상한 출몰 장소 시뮬레이션 맵. 누군가가 이런 정보를 인터넷에 올리면 순식간에 퍼졌다.

　이케부쿠로에서는 그림자 무사 한 사람당 왜건 한 대가 대기해서 언제든 도망칠 수 있게 했다. 들키면 그걸로 끝장이다. 와처에 둘러싸여서 사진 공세, 사인 공세, 악수 공세를 받는 SAMURAI의 스트레스는 심했다. 신주쿠에서는 아와지의 소매가 잡아 뜯겼고, 무사시의 하카마에 가위를 들이대려던 한 여자아이를 겐 씨가 떼어내기도 했다. QR코드를 잘라서 가져가려 한 모양이다. 와처 사이에서 싸움이 일어나기도 했다. 간신히 사람 벽 속에서 모습을 보였는데 이미 사진을 찍은 그림자 무사라며 울음을 터트리는 아이도 있었다. 공짜 영화표를 얻느냐 마느냐는 아무래도 좋았다. 그림자 무사를 쫓아가 잡은 증거로 캐리커처 모으는 일에 여자아이들은 열중했다.

　"다른 그림자 무사는 어딨어요?"

　한 여자아이가 이즈미의 소매에 매달렸다. 아직 초등학생으로 보이는 그 아이는 도쿄에서 좀 멀리 떨어진 시즈오카에서 신칸센을 타고 왔다. 그림자 무사 전원의 캐리커처를 모을 때까지는 돌아가지 않겠다며 필사적이었다. 그림자 무사를 추적하는 텔레비전 취재진은 오사카나 다른 지방에서 심야 버스를 타고 올라온 여자아이를 여럿 만났다고 한다.

"〈와이드쇼〉에서 하는 걸 보고 한번 오고 싶어졌다나."

그걸 위해 도쿄까지 오고야 마는 에너지라니 나로서는 믿기지 않았다. 그림자 무사 와처 행렬이 도로를 막아서 자동차 통행을 방해하는 일도 일어났다. 몇 십 대나 되는 차가 경적을 울려 대고 자동차 창문으로 고개를 내민 운전자의 고함과 여자아이들의 비명이 섞여서 한바탕 난리가 났다. 그림자 무사 본인들도 신변에 위험을 느껴 단정한 얼굴이 한순간 창백해졌다. 시작했을 때 느꼈던 기쁨과 흥분은 '대체 어디까지 가려는 걸까?' 하는 공포로 바뀌었다.

살기등등한 와처에게 둘러싸이면 위험하니까 우리 셋은 대기 중인 왜건에 숨어서 상황을 지켜보았다. 사람들에게 시달려 앞섶이 벌어진 우젠이 차 안으로 굴러 들어왔다. 목덜미에 찍힌 생생한 키스마크 개수가 무시무시한 상황을 말해 주었다. 쫓아온 와처가 자동차를 둘러싸고 소동을 벌였다. 차창에는 특수한 필름 가공을 해서 안에서 밖은 보여도 밖에서 안은 보이지 않는다.

"우젠!"

"우젠!"

그 애를 부르는 소리가 구호처럼 점점 크고 히스테릭해졌다. 내버려 두면 폭동이 일어날 것 같아서 창문으로 몸을 내밀고 QR 코드 촬영에 응했다. 뒷자리에 앉아 있던 우리 셋은 담요를 뒤집 어쓰고 짐인 척했다.

"들키면 살해당할 거야."

운전을 맡은 J프로덕션 아저씨가 말했다. 얼굴은 웃고 있지만 농담으로 들리지 않았다. QR코드를 손에 넣은 포위군은 다음 목 표를 향해서 달려갔다. 거센 폭풍이 지나간 뒤처럼 고요함이 찾아 오자 우젠은 조수석에 몸을 묻고 순식간에 잠들었다. 우젠의 숨소 리가 침엽수 사이를 빠져나가는 민트색 바람 소리처럼 들렸다. 그 조용한 울림을 배경음악 삼아서 차는 이케부쿠로를 뒤로하고 달 려 나갔다.

자동차는 정체에 말려서 멈추어 버렸다. 우리가 탄 차를 둘러 싼 자동차 한 대 한 대에 고마운 마음이 들었다.

신이시여, 조금만 더 우젠을 자게 해 주세요.

그리고 조금만 더 저에게 그의 잠자는 얼굴을 보여 주세요.

그는 앞으로 자꾸자꾸 먼 존재가 될 테니까.

같은 공간 같은 시간에 있는 일은 이제 없을지도 모르니까.

그 무렵 다른 대기차 안에서도 그림자 무사 역인 SAMURAI가

찰나의 단잠을 즐기고 있었다. 류큐는 꿈속에서도 팬에게 쫓겨서 몇 번이나 눈을 떴다. SAMURAI는 모두 지쳤다. 본인들도 예상 못한 속도로 스타가 되어 버려서 당황했다. 그림자 무사 QR코드 랠리는 그들에게 처절한 싸움이었다. 처음에는 쫓기면서 기뻐했던 그들도 여자아이들이 자기들 때문에 다투는 모습을 더는 보고 싶어 하지 않았다.

J프로덕션도 소중한 상품을 슬슬 거리에서 철수시킬 생각이었다. 〈7인의 그림자 무사〉는 개봉 예정 영화로 첫손에 꼽히고 예매권과 문고본도 잘 팔리고 있다. 주연인 TARO가 노래하는 주제가는 이번 주 가요 히트 차트에서 1위에 올랐다. 〈와이드쇼〉에서도 화제가 된 덕분에 그림자 무사로 분장한 미소년들의 얼굴과 이름은 전국에 알려졌고, 각자의 출신 지역에서는 벌써 팬클럽이 결성되었다. 이제 영화 개봉 직전 특별 방송에서 SAMURAI의 정체가 밝혀지면 12월 14일 발매되는 데뷔 앨범과 사진집은 확실하게 히트할 것이다.

프로모션 목표는 충분히 달성했다. 만약 도미노처럼 줄줄이 쓰러져 상품에 흠이 나거나 기획사에게 책임 추궁을 당하게 되면 지금까지 한 투자가 물거품이 된다. 그런데 의외로 배급처인 영화사에서 제동이 걸렸다. J프로덕션과 M에이전시가 그림자 무사를 계획했다는 건 공표하지 않았기 때문에 '사고가 일어날 수 있다'거나 '교육상 좋지 않다'는 불평은 영화사로 흘러들어 갔다.

"모르는 사람들이 멋대로 하는 거라 저희도 괴롭습니다."

영화사에서는 이렇게 시치미를 뗐지만 이제는 슬슬 한계라고 했다.

QR코드 랠리 마지막 날인 11월 3일 일요일. 그림자 무사는 시부야 거리를 걷는 대신 FUNNY FM 라디오 생방송에만 출연하기로 했다. '시부야에 출몰'이란 정보는 이미 퍼졌지만 FUNNY FM의 공개 녹음 스튜디오가 시부야에 있기 때문에 엄격히 말해 거짓말은 아니다. 여자아이들은 스튜디오를 겹겹이 둘러싸고서 멤버 이름을 불러 댔다. 그 소리가 시부야의 스페인 자카 거리까지 메아리쳤다.

"SAMURAI!"

그들을 부르는 외침이 여기저기서 들렸다. 저녁 특별 방송을 시작하기도 전에 이미 상당수가 멤버 이름 머리글자를 연결한 그룹 이름의 암호를 풀었다. 나와 미사오와 히나코는 군중 끄트머리에 겨우 붙어 있었다. 아무것도 보이지 않았다. 우리는 그저 '저 건너편에 그들이 있구나.' 하는 생각을 하면서 거기 서 있었다.

3주 전 스튜디오 속 그들은 다른 별에서 온 존재였다. 이상한 차림을 한 그저 곱상한 남자아이들이었을 뿐이다. 하지만 지금은 각자의 개성에 푹 빠진 팬이 생겼다. 그 팬의 숫자만큼 SAMU RAI는 우리한테서 멀어졌다.

"기쁘다고요, 쓸쓸하다고요."

히나코가 가만히 중얼거렸다.

나는 지갑에 넣어 둔 명함 일곱 장을 생각했다. 손으로 뜬 전통 종이에 붓글씨체로 '그림자 무사 우젠'이라고 달랑 이름만 인쇄했다. 뒷면에는 문장처럼 QR코드가 하나 있을 뿐이다. 우리가 "SAMURAI 명함 만드는 거 어때?"라고 농담을 던졌더니 미하라 씨가 진짜로 만들어 버렸다.

QR코드 랠리 첫날 명함 상자를 건네주자, 사쓰마는 "우선 여러분에게."라며 여섯 장을 미하라 씨에게 내밀었다. 전략기획실의 세 명과 고교생 브레인 세 명에게. 그걸 본 다른 멤버도 명함을 여섯 장씩 꺼내 미하라 씨에게 건넸다.

"'그림자 무사를 할 수 있는 건 여러분 덕이니까요.' 그러는 거야. 눈물이 나지 뭐야."

미하라 씨한테서 명함을 받은 우리도 그 이야기를 듣고 눈물을 글썽거렸다. 걸어 다니는 광고탑 따위 사실 예비 스타가 할 일은 아니다. 그런데도 기꺼이 재미있어 하며 훌륭히 해내는 SAMU RAI. 더구나 우리 같은 병아리 스태프한테까지 신경을 써 주다니. 이 사람들 진짜 사나이일지도 모른다. 그들이 자꾸만 손 닿지 않는 곳으로 올라간다. 원래 같은 세계 사람이 아니라는 걸 알았지만, 같은 차 안에서 우젠이 코 고는 소리를 듣는 일은 이제 없겠구나 생각하니 안타까웠다.

"편지를 썼어."

옆에서 히나코가 말했다.

묻지 않아도 상대가 누군지는 안다. 류큐일 거다.

"답장은 왔어?"

주위 팬들에게 신경이 쓰여서 내 목소리가 작아졌다.

"'고마워. 응원해 줘.' 하고."

"개인이 아니라 연예인으로서 한 답장이네."

"원래부터 예명밖에 모르고."

히나코는 고개를 조금 갸웃하고 웃었다. 나도 우젠의 본명을 모른다. 음, 그게 나을지도 모른다. 우리는 조용히 스튜디오 앞을 떠났다.

안녕히, 우젠.

스페인 자카를 내려가면서 밑에서 불어오는 바람에 무심코 코트 깃을 여몄다. 공기는 완전히 겨울이지만 올해는 추위를 늦게 느낀 것 같다.

"쇼핑하러 같이 갈래? 크리스마스 선물로 목도리를 사고 싶어."

미사오가 말했다.

"혹시 남친 선물?"

내가 묻자 미사오는 부끄러운 듯이 긴 갈색 머리를 마구 헝클었다. 미사오만은 멀리 있는 SAMURAI보다 현실의 사랑을 쫓았다.

"남친 어떤 사람이야?"

히나코가 물었다.

"금방 알게 될 거야."

미사오는 다시 머리를 헝클어뜨렸다.

미사오와 히나코 사이에 끼어 있는 지금의 나를 1년 전 내가 본다면 어떻게 생각할까? 고교생 브레인으로 스카우트되어 내가 걸을 수 없다고 생각한 길을 걷고, 볼 일이 없을 거라 생각한 경치를 보고 있다. 내년에는 어떤 나를 만날 수 있을지 작은 가슴에 깃든 기대가 따뜻했다.

그때만 해도 태평스런 나는 상상조차 하지 못했다.

M에이전시에 갈 수 없게 되는 날을 내 손으로 불러들일 줄은.

PROJECT 6.

화장품

패널티

11월 네 번째 수요일. 브레인스토밍 시작 시간인 오후 5시보다 10분 일찍 M에이전시에 도착했다. 엘리베이터에서 미사오와 히나코를 만났다. 여름 방학 때 지각을 해서 미하라 씨에게 혼이 난 뒤로 시간은 꼭 지킨다. 전략기획실에서는 겐 씨가 우리를 기다리고 있었다. 그런데 미쿠니 씨와 미하라 씨는 5시 반을 넘어도 나타나지 않았다.

"자기들도 지각하네. 시간 돌려받아야 돼."

미사오가 이죽거렸다.

"브레인스토밍할 때까지는 돌아온다고 했는데, 아직 잡혀 있나?"

겐 씨가 시계를 흘끗거리며 말했다.

"어디 갔는데요?"

내가 물었다.

"갑자기 그레코제과에 불려 갔어."

나쁜 예감이 들어서 히나코를 돌아보았다. 나와 눈이 마주쳤
다. 설마, 내가 잃어버린 스토리보드 때문에? 아니야, 그건 히나
코가 낙찰받아서 해결됐을 텐데. 하지만 옥션에 나왔던 사실은 사
라지지 않으니까, 어쩌면……

"왜 그래, 마코? 안색이 나빠."

미사오가 그렇게 말했을 때 문이 열리고 미쿠니 씨와 미하라 씨
가 들어왔다. 굳은 표정을 보니 나쁜 예감이 점점 심해진다.

"둘 다 얼굴 너무 무서워!"

아무것도 모르는 미사오가 놀렸지만 둘은 반응이 없다. 나쁜
예감이 점점 현실이 되어 간다.

"무슨 일 있었어?"

"미사오는 아무것도 모르니?"

미하라 씨가 되물었다.

"TAKE 기획사에서 그레코제과에 클레임을 걸었어. TV-CF
스토리보드가 인터넷 옥션에 올라간 모양이야."

미쿠니 씨가 조용히 말했다.

"거짓말!"

미사오가 절규했다.

히나코 입에서 한숨이 흘러나왔다.

"우리 쪽에서 유출됐단 증거가 있어요?"

겐 씨가 미쿠니 씨에게 물었다.

"M에이전시 CONFIDENTIAL 스탬프가 찍혀 있었나 봐."

아무도 입을 열지 않았다.

"밸런타인데이 이벤트를 우리가 할 수 있을지 어떨지도 위험해."

미쿠니 씨가 쥐어짜듯이 말을 이었다.

"당분간은 프레젠테이션에 불러 주지 않겠지. 그레코제과 연간 광고 예산은 100억 엔이야. 그걸 각 광고 대행사가 경쟁해 나눠 가져. 광고는 신용이 뭣보다 중요해. 아무리 좋은 아이디어를 갖고 있어도 신뢰할 수 없는 상대한테 캠페인을 맡기진 않아."

긴 양말 위로 튀어나온 내 무릎이 덜덜 떨렸다. 떨림을 멈추려고 무릎을 쥔 두 손에 어느새 땀이 흥건했다.

"우리는 억 단위 돈을 써서 불꽃을 올려 세상을 움직여. 아주 재미있지만 굉장히 무서운 일이야. 단추를 잘못 끼우면 불꽃은 폭발하고 말아."

"잠깐만. 우리를 의심하는 거?"

미사오가 벌떡 일어섰다.

"그런 바보 같은 짓 할 리가 없잖아! 다른 회사 함정에 빠진 거 아냐?"

"아니야. 미사오, 있지……."

무슨 말인가 해야 할 텐데 말이 나오지 않는다. 무슨 말을 해도 변명으로 들릴 게 뻔하다.

"어? 프린트 있네요."

캐비닛 서랍을 연 미하라 씨가 스토리보드를 꺼냈다.

"어떻게 된 거지?"

미쿠니 씨가 얘기하자 어른들이 서로 얼굴을 마주 보았다.

"죄송해요. 그건 제가 돌려놨어요."

히나코가 고개를 숙였다.

아니야. 사과해야 하는 건 히나코가 아니야.

나는 참지 못하고 울음을 터뜨렸다.

그날 어떻게 집까지 왔는지 기억나지 않는다.

침대 위에서 눈을 떴을 때는 한밤중이었다. 울어서 퉁퉁 부은 눈꺼풀이 무거웠다. 커튼을 닫지 않은 창문 너머로 달이 보였다.

나쁜 꿈이라면 좋을 텐데.

아침이 오면 그건 착각이었다고 말해 주면 좋을 텐데.

그런 기적이 일어나지 않을 건 내가 가장 잘 안다.

잔소리쟁이 엄마와 말버릇 나쁜 미노루도 아무 말도 하지 않고 아무것도 묻지 않았다. 그게 오히려 기분 나빴다. 아무도 만나고 싶지 않았지만 학교에는 갔다.

"너 얼굴이 왜 그래?"

"드라마 보면서 너무 울어서."

사에코의 질문에 이렇게 얼버무린 걸 보면 나도 조금은 요령이 좋아졌다.

기말 시험이 코앞으로 닥쳐왔다. 반에서 10등 안에 들면 M에이전시에 다녀도 된다던 엄마와의 약속이 허무해졌다. 몇 점을 받든 엄마가 허락을 해 주든 전략기획실에는 이제 내가 있을 자리가 없다.

기말 시험이 끝난 날 방과 후 M에이전시와 너무 가깝지 않은 카페에서 미하라 씨를 기다렸다. 첫마디를 뭐라고 하지. 느닷없이 사과하는 게 좋을까, 인사가 먼저인가 아니면……. 그런 고민을 할 때였다.

"마코. 기다렸지?"

미하라 씨가 밝은 목소리로 말을 걸면서 내 맞은편 의자에 앉았다. 따뜻한 음료를 주문한 뒤 미하라 씨는 메뉴판을 펼쳤다.

"3종 딸기 팬케이크래. 이거 맛있겠다."

이렇게 말하면서 단것을 체크했다.

미하라 씨, 단 건 전혀 먹지 않는데도.

미하라 씨의 카페오레와 내 얼그레이차가 나와서 우리는 한 모금씩 마셨다.

질질 끄는 건 여기까지.

슬슬 말을 꺼내야 한다.

"저, 이거……. 지금까지 받은 알바비예요."

내가 M에이전시 로고가 들어간 봉투를 고개를 숙인 채 내밀었다.

"이걸로는 아무 보탬도 안 되는 거 알아요. 하지만……."

미하라 씨는 잠자코 봉투를 받아서 탁자 위에 놓았다.

"저기…… 저 때문에……."

"인터넷 옥션에서 낙찰을 받은 게 히나코라 다행이야. 하지만 5,000엔은 싸도 너무 싼 모양이야. 그 TAKE가 겨우 5,000엔에 낙찰된 게 기획사에서는 마음에 안 들었나 봐."

미하라 씨는 평소보다 밝은 목소리로 웃음을 섞어 가며 말했다.

내가 풀 죽지 않도록, 상처받지 않도록…….

"안심해. '밸런타인데이 위드 TAKE' 이벤트는 예정대로 우리 회사가 하게 됐으니까. 너희를 데리고 가는 건 힘들게 됐지만."

밸런타인데이 위드 TAKE 이벤트 응모는 11월 30일에 마감되었다. 그레코제과의 빈 창고를 가득 채운 엽서의 산. 그중에 나와 미사오와 히나코 엽서도 있다. 셋이 합쳐서 열여덟 장. 바코드 다섯 장에 1회 응모니까 90상자를 소비했다는 계산이 나온다. 하지만 당첨 확률은 한없이 0에 가까워서 "스태프로 끼어 갈 수 있도록 어떻게든 해 줄게."라는 미하라 씨에게 희망을 걸었다.

그게 물거품이 되었다.

내 탓에.

그래도 M에이전시가 이벤트 운영에서 밀려나는 최악의 사태는 면했다.

"론칭 광고는 이미 나갔고 돈도 예산대로 나올 거야. 이번 패널티로 커미션 깎일 것까지 각오했는데, 그레코제과는 그러지 않았어."

말하기 어려운 돈 이야기도 미하라 씨는 숨기지 않았다. 나한테는 귀가 따갑고 가슴 아픈 이야기이다. 하지만 내가 사실을 듣고 싶어 한다는 걸 미하라 씨는 알고 있었다.

"좋은 클라이언트야, 그레코제과. 달콤한 건 초코만이 아니었어."

미하라 씨는 농담을 한 모양이지만 나는 웃을 수 없었다. 상대가 나빴다면 커미션, 즉 수수료를 깎여서 M에이전시가 큰 손해를 입었을 터였다. 몇 천 만인지 몇 억인지 평생이 걸려도 다 갚을 수 없을 큰 빚. 그걸 우연히 면했을 뿐이다.

"경쟁 피티에서 M에이전시를 밀지 않은 상층부가 그것 보라며 쓴소리를 한 것도 사실이야. 하지만 테이크 어 초코는 그런 소리도 지워 버릴 만큼 무섭게 히트하고 있어. 너희가 낸 아이디어의 힘이 위기에서 구해 냈다고 할 수도 있어. 하지만⋯⋯."

미하라 씨가 계속했다.

"TAKE 기획사는 아직 펄펄 뛰고 있어."

그림이 닮지 않았다고는 해도 한창 드날리는 TAKE의 TV-CF 스토리보드가 겨우 5,000엔에 낙찰되었다. 그 소문이 인터넷에 떠돌았고 그게 기획사 사장 눈에 띄어서 이번 소동이 일어났다. 앞으로 TAKE를 기용한 캠페인은 M에이전시에서 제안하기 힘들어진다. TAKE뿐만 아니다. 그 기획사에 소속된 몇 십 명 연예인도 정보 관리가 허술한 M에이전시하고는 거리를 두려 할 게 뻔하다.

"그래서 테이크 어 초코 매출 10억 엔은 전략기획실 연간 매출에 넣지 않기로 했어. 사내 패널티야."

미하라 씨는 아무렇지 않게 말했지만, M에이전시에서 가장 작은 부서인 전략기획실이 내년에도 존속하기 위한 조건은 올해 안에 매출 10억 엔을 달성하는 것이다. 그 목표를 여유롭게 달성할 수 있었는데 완전히 해산 위기에 봉착했다.

고교생 브레인 한 명이 제멋대로 행동한 탓에.

10 빼기 10은 0이다. 하지만 단위는 억이다.

"저 돌이킬 수 없는 짓을 했어요."

"돌이킬 수 없을까나."

고개를 들어 조심스레 미하라 씨 얼굴을 보니 올곧은 눈이 나를 보고 있었다. 오늘도 속눈썹은 힘차게 위로 뻗었다.

"고교생 브레인을 채용하자고 했더니 회사에서 맹렬하게 반대했어. 난 꼭 성공해 보이겠다고 밀어붙였지."

미하라 씨가 평소처럼 침착한 목소리로 말했다.

"이대로 끝나면 '것 봐라'가 될 테지."

"죄송해요, 저 때문에……."

그저 사과할 수밖에 없었다.

"너희랑 브레인스토밍하는 거 재미있었어. 광고 업계에서 일하는 꿈이 이루어져서 중도 입사로 M에이전시에 들어왔을 때가 생각나기도 하고. 브레인스토밍은 아이디어의 씨앗을 퍼 올리는 것만이 아니라 그 사람 속에 잠들어 있는 보물이 뭔지도 깨닫게 해 줘. 사람들 반응만 신경 쓰던 마코가 브레인스토밍을 할 때마다 생기를 더해 가는 것도 좋았어."

미하라 씨 이야기가 손에 잡히지 않는 동화처럼 들렸다. 좋아하는 사람들에게 폐를 끼친 것만이 아니다. 나는 둘도 없이 소중한 것을 나한테서 빼앗아 버렸다.

"어라, 나 아까부터 과거형으로 얘기하고 있네."

미하라 씨는 내 마음을 읽기라도 한 듯이 "아직 승부는 나지 않앉어." 하고 나를 보았다.

"하지만……."

"돌려줄 마음이 있으면 아이디어로 돌려줘."

"저, 전 어떻게 하면 좋을까요?"

"힌트는 줬는데?"

미하라 씨는 탁자 위의 계산서를 들고 일어섰다.

나는 탁자 위에 남겨진 봉투에 눈길을 주었다.

M에이전시 로고가 묻는 것 같은 기분이 들었다.

어떻게 할래, 마코?

재도전

"미하라 씨가 보물은 내 속에 있다고 했는데 나 혼자서는 파낼 수가 없으니까 도와줘!"

시부야 스크램블 교차로 건너편에 나타난 미사오와 히나코에게 나는 소리를 질렀다. 미하라 씨를 만난 뒤 히나코한테 전화를 걸었다. 얘기할 게 있다고 하자 "예스다요!"라고 신바람 난 목소리가 대답했다. 그러고 나서 30분 뒤 히나코는 미사오를 데리고 나타났다.

"마코, 마코, 내가 알아들을 수 있게 말해!"

긴 횡단보도 건너에서 미사오가 목소리를 높였다.

"그러니까 잃어버린 10억 엔 되찾을 방법을 브레인스토밍하자고!"

10억 엔이라는 소리에 지나가던 사람들이 나를 쳐다보았다. 신호가 바뀌어 우리는 횡단보도 한가운데서 만났다.

"마코, 진심이야?"

"마코, 진짜다요?"

"나 혼자서는 무리지만 셋이서 하면 될 거 같은 기분이 들어!"

내 말끝은 더 이상 늘어지지 않았다.

"그 자신감은 어디서 오는 거?"

미사오가 물었다.

"무슨 소리야! 너희 둘이 나눠 준 거야!"

미사오와 히나코가 얼굴을 마주 보더니 풋 하고 웃음을 터뜨렸다.

"자신감 준 책임을 지라고?"

미사오 말에 나는 힘차게 고개를 끄덕였다.

"한 번 더 셋이서 브레인스토밍하고 싶어."

"그 전에 할 말 있잖아?"

미사오가 내 목을 졸랐다.

"왜 암말 안 했어, 싱겁게! 나한테도 상담하라고!"

"미안해. 이것저것 전부 미안해!"

내 목을 조르는 미사오의 팔을 붙잡고 나는 미안해를 연발하면서 마음속으로 둘에게 '고마워'를 되풀이했다.

그 후 우리는 109백화점 앞 계단에 앉아서 10억 엔 되찾을 방법을 브레인스토밍했다.

"전에 미쿠니 씨한테 들었는데 신규 거래처를 뚫을 때는 우선 담당자를 만나러 가서 자기를 알리고 그런 다음 프레젠테이션 약속을 잡는대."

히나코가 말머리를 열었다.

"모르는 놈한테 갑자기 프레젠테이션을 시키진 않는단 거네."

미사오가 히나코의 말을 받았다.

"담당자는 어떻게 조사해?"

이어서 내가 물었다.

"그 전에 어디를 공략할 건데?"

미사오 말에 우선은 프레젠테이션할 곳을 브레인스토밍한다.

"아이디어를 생각하기 쉬운 브랜드가 좋겠다."라는 미사오.

"우리가 좋아하는 거나 쓰고 있는 거."

"샘플로 상품을 받을 수 있으면 기쁘다요."

"그럼 여길 공략해 볼래?"

미사오는 자기가 입은 재킷을 살짝 들어 올렸다.

미사오의 재킷을 판매하는 브랜드 본사는 신주쿠에 있다.

"저, 광고 담당자를 만나고 싶은데요."

회사 프런트 앞에서 미사오가 당당히 요구했다.

"몇 시 약속하셨나요?"

프런트 여직원이 물었다. 말씨는 부드러웠지만 분명하게 미사오를 경계했다.

"약속은 아직이랄까. 이제부터 할 건데요."

"담당자 명함 있으세요?"

"그러니까 그걸 알고 싶다고!"

미사오가 반말을 쓴 시점에서 우리는 경비원에게 끌려 나왔다. 광고에 클레임을 걸러 왔다고 생각했는지도 모른다.

"야, 나 손님이야!"

미사오가 유리를 입힌 본사 빌딩에 대고 재킷을 들이대며 부르짖었다.

약속 없이 쳐들어가기 다음으로 우리가 한 일은 전화 공격이다. 프레젠테이션을 할 만한 회사 전화번호 리스트를 손에 넣고 나서 미사오와 히나코가 휴대 전화로 마구 연락을 했다. 길 위의 콜 센터 상태랄까. 그 옆에서 나는 잡지를 뒤적이며 추가로 연락할 만한 회사를 찾았다.

"그렇습니까. 광고는 정해진 거래처에서……. 바쁘신데 실례했습니다."

"여보세요? 거기 광고 책임자한테 할 얘기가 있는……. 어, 끊겼다."

리스트에 있던 열아홉 건은 전멸이다. 약속 잡기의 벽은 높았다.

"내 생각이 너무 물렀나. 잃어버린 10억 엔을 되찾겠다니."

"평범한 고교생이었다면."

미사오는 통화를 너무 한 탓에 마른 입술에 립크림으로 수분을 공급하면서 대차게 말했다.

"그 립크림 어디 거야?"

히나코가 물었다.

미사오는 해골 케이스에 붙은 로고를 보고 "못 읽겠어."라며 히나코에게 보여 주었다. Julia's Candy란 글씨와 금색 로고가 찍혀 있었다.

"줄리어스 캔디."

히나코가 읽어 주었다.

미사오, 이 정도 영어는 읽어야지!

"포장이 캔디 같아서 귀엽다요! 어디서 파니?"

"나미코가 여름에 하와이 갔다 와서 준 선물. 미국에서 겁나 인기래. 이번에 일본에 들어온다고 하더라."

"언제? 본사는 어디야?"

내가 물고 늘어졌다. 일본에 들어온다는 건 대대적으로 광고를 할 기회다!

"몰라. 난 담당자도 아니고."

일 처리가 빠른 히나코가 휴대 전화로 Julia's Candy를 검색해서 미국 본사 공식 사이트를 찾았다. 사탕을 흩어 놓은 듯 발랄한 색상이 귀엽지만 영어투성이라 읽을 마음이 들지 않는다. 히나코가 CONTACT를 누르자 미국 본사 전화번호가 나왔다.

"Hello, We hear you are going to launch in Japan. And we would like to make presentation for your launch campaign. Could we talk to person in charge in Japan?"

전화가 미국 본사에 연결되고 히나코가 똑똑한 발음으로 이야기했다.

"마코, 일본어로 번역해 봐."

"일본 론칭 캠페인의 프레젠테이션을 하고 싶으니까 일본에서 담당자와 이야기하게 해 달라는 소리야."

"마코도 제법인데!"

나는 듣기엔 그럭저럭 자신 있지만 영어로 말하는 건 무리다. 단어가 입 밖으로 나오질 않는다. 반면, 히나코는 영어로 말하는 건 유창하지만 듣기는 잘 못하는 모양이다.

"Yes…… Pardon? Uh…… Pardon? Sorry can you speak slowly?"

뭐라고요, 라는 말을 연발하며 몇 번이나 되묻는다.

"아우, 좀 줘 봐!"

미사오가 히나코 휴대 전화를 잽싸게 낚아챘다.

"헬로? 도쿄 오피스, 텔레폰 넘버, 플리즈."

영어라고 하기는 좀 그렇다. 하지만 묻고 싶은 게 무엇인지 똑똑히 알겠다.

"메모해!"

히나코의 멋진 영어보다 미사오의 서바이벌 영어가 통했다.

약속

줄리어스 캔디의 일본 판매를 담당하는 회사는 종합 상사인 세계물산이다. 도쿄 본사 전화번호를 알아내 히나코가 당장 전화를 걸었다.

"하와이 여행 선물로 받은 줄리어스 캔디 립크림이 무척 마음에 들어서요. 이번에 일본에서 살 수 있게 된다는 얘기를 들었는데, 다른 상품도 꼭 보고 싶어요."

광고 대행사 담당자가 아니라 소비자로서 접근했다.

"쇼룸은 아직 없지만 홍보팀에 제품 샘플이 있어서 써 보실 수 있습니다."

약속 잡기 벽을 휙 넘어 갑자기 홍보팀에 연결되었다. 며칠 후 안내된 홍보팀 회의실 문에는 '줄리어스 캔디 준비실'이라는 종이가 붙어 있었다. 탁자 위에는 샘플 딱지가 붙은 상품이 늘어서 있었다. 매니큐어, 마스카라, 아이섀도우, 립스틱……. 먹음직스러운 캔디색. 매니큐어는 물론 화장품 케이스가 전부 투명해서 내용물의 색이 보인다.

"향수병 같아!"

미사오가 흥분해서 몸을 쑥 내밀었다.

"마음대로 써 보라고 했지?"

히나코 말을 신호 삼아 우리는 색색 캔디에 덤벼들었다. 본 적이 있는 듯 없는 듯 신기한 색투성이다. 묘한 기시감을 느끼는 건 머릿속에서 상상한 적 있는 색깔이기 때문인지도 모른다.

"이렇게 미묘한 핑크, 갖고 싶었어."

히나코가 넋을 잃고 쳐다보는 매니큐어 색깔은 히나코 식으로 말하면 '아침 이슬에 젖은 딸기가 햇빛을 받아 반짝이는' 색이다. 프레시스트로베리라고 이름 붙인 색을 바르자 히나코 손가락에만 싱싱한 초여름이 찾아온 것 같다.

"밀키컬러 마스카라가 없어서 열 받았거든."

미사오는 무서운 기세로 속눈썹에 브러시질을 했다. 바나나마시멜로라는 이름대로 크림옐로가 속눈썹의 검은색을 완전히 덮어 버렸다. 검은색 종이에도 쓸 수 있는 하얀색이나 파스텔컬러 밀키펜은 요즘 고교생 필수 아이템인데, 그걸 마스카라로 옮겨 놓은 느낌이다. 케이스가 투명해서 진짜 문구로 착각할지도 모르겠다. 그러고 나서 미사오는 하늘에서 막 흘러내린 듯한 레인드롭의 물빛으로 눈가에 그림자를 넣고 같은 색을 손톱에 발랐다. 빗방울 열 개가 늘어선 것 같아서 아주 귀엽다.

그사이 히나코는 아이섀도를 발라 보았다. 라임을 둥글게 썬 듯한 퍼지라임이 노란색에서 초록색까지 그러데이션을 만든다. 보통 아이섀도는 한 가지 색이거나 두세 가지 색이 세트로 되어 있다. 그와 달리 줄리어스 캔디는 왼쪽 끝부터 오른쪽 끝까지 조금씩 느낌이 변한다. 미사오가 화장품 마니아인 건 알았지만, 히나코도 화장품을 꽤나 좋아하는 모양이다. 그 모습이 조금 뜻밖이어서 가만히 바라보았더니 미사오가 재촉한다.

"멍하니 보지만 말고 마코도 발라 봐."

사실 나는 화장품에 어둡다. 완전 깜깜하다. 사 본 건 입술 건조 방지용 립크림 정도다. 눈썹은 정리할 게 없을 만큼 엷지만 그렇다고 펜슬로 그리는 건 부자연스러울 것 같아서 아무것도 하지 않는다. 그렇지만 예쁜 색깔을 보는 건 좋아해서 가끔 드러그스토어에서 립크림이나 아이섀도를 발라 보고 새끼손가락에만 매니큐어를 바르기도 한다. 하지만 모처럼 발라도 금방 지워 버린다. 잔소리 심한 엄마한테 들키기 전에. 손에 든 오렌지셔벗 매니큐어를 발라 보고 싶은 마음은 굴뚝같지만 얘들처럼 잘 바를 수 있을지 자신이 없어서 상태를 지켜보았다.

"발라 줄까? 다른 사람 손톱 발라 주는 거 좋아하거든."

내 마음을 읽었는지 미사오가 구원의 손길을 내밀었다. 나는 손에서 따뜻해진 병을 미사오한테 맡기고 두 손을 내밀었다.

"마코, 손톱 예쁘다!"

미사오는 익숙한 손놀림으로 내 손톱에 솔질을 했다. 손이 야무진 미사오는 자기 손톱을 캔버스 삼아서 금붕어를 헤엄치게 하고 하비스커스 꽃을 피우기도 한다. 미사오의 손톱을 체크하는 건 내 비밀스런 즐거움 중 하나다. 미사오는 완벽하게 내 손톱을 칠해 주었다. 매니큐어가 튀어나오지도 않고 비뚤어지지도 않았다.

아삭하게 얼린 셔벗처럼 차갑고 즙이 많은 오렌지.

"이 색깔 먹어 버리고 싶어. 마코를 훨씬 맛있게 해 줄게!"

손톱을 마치자 미사오는 눈가에 덤벼들었다. 아이섀도는 오렌지 그러데이션인 퍼지네이블. 마스카라는 손톱과 같은 색. 속눈썹을 뷰러로 말지 않아서 바르기가 조금 어려운 모양이다.

"봐, 봐, 히나코. 마코, 화장 잘 받지 않니?"

내 얼굴을 히나코 쪽으로 홱 돌리고서 미사오는 뽐내듯이 말한다.

"응. 속눈썹이 길구나. 어른스러워 보여."

히나코가 맞장구친다.

어느새 들어왔는지 미하라 씨와 같은 또래의 체구 작은 여성이 입구에 서서 싱글거리며 우리를 바라보았다.

"죄송해요. 푹 빠지는 바람에."

우리는 시험 코너에서 현실로 끌려나왔다.

"세계물산 홍보팀의 후지노예요."

빙긋 웃으며 명함을 내밀었다.

명함에는 제너럴 매니저라고 쓰여 있었다.

"프레젠테이션 약속 잡았어요!"

우리가 전략기획실에 들어가 보고하자 기다리던 어른 셋이 눈을 동그랗게 떴다.

"그렇게 의외인 거?"

"그래, 그 얼굴."

겐 씨는 우리가 프레젠테이션 약속을 잡았다는 것보다 화장한 얼굴에 놀랐다.

"클라이언트는 어디니?"

미하라 씨가 어안이 벙벙해서 물었다.

"여기예요."

우리는 캔디색으로 칠한 얼굴을 손가락으로 가리켰다. 그 손톱도 캔디색을 둘렀다.

"론칭 광고 프레젠테이션은 지난주에 끝났지만 운 좋게 우리가 끼어들게 됐어요."

히나코가 줄리어스 캔디 카탈로그와 후지노 씨 명함을 꺼냈다. 프레젠테이션은 네 개 회사가 공정하게 겨뤘다. 하지만 네 개 회사 중 이렇다 할 제안이 없어서 다시 프레젠테이션을 요구할까 말까, 후지노 씨는 망설이던 중이었다. 우리는 절호의 타이밍에 세계물산에 쳐들어갔다.

"세계물산. 우리가 공략하던 곳이네요?"

겐 씨가 말했다.

"어떤 수를 쓴 거지?"

미쿠니 씨가 중얼거렸다.

"고교생만 쓸 수 있는 수가 있는 거 아니겠어요?"

미하라 씨가 나에게 윙크했다. 내가 부추김에 넘어가 행동에 옮긴 걸 기뻐하고 있다.

"그러면 유로폰 때처럼 고교생 그룹 인터뷰 할까? 나보다 화장품에 빠삭한 애도 있고."

미사오의 친구인 나미코의 은색 손톱과 나루미의 하얀 입술이 떠올랐다. 애초에 나미코의 하와이 여행 선물 립크림이 없었다면 우리는 줄리어스 캔디에 다다르지도 못했다.

"지난번엔 그룹 인터뷰를 했지만 이번에는 시간도 없고 하니까 확대 브레인스토밍을 해 보지 않을래?"

미하라 씨가 제안했다.

"브레인 증량, 좋아!"

"확대 브레인스토밍, 예스다요!"

미사오와 히나코는 곧바로 찬성했다.

"마코는 반대니?"

내가 대답하지 않는 걸 반대로 받아들였는지 미하라 씨가 안색을 살폈다.

"아, 아니요. 하지만 저 낯가림을 해서. 그 애들한테 눌릴 거 같아서……."

횡설수설 변명을 하자 미사오가 요란하게 웃음을 터트렸다.

"뭔 소리? 우리랑 금방 터놓고 지냈잖아!"

그건 내가 용기를 짜내서 말을 걸었으니까. 얼굴은 웃어도 손이랑 등에는 엄청나게 땀이 흘렀다. 하지만 다른 사람한테 그런 어려움이 보이지 않았다는 건 뜻밖이다.

"그래서 말인데 이번 브레인스토밍 사회는 마코가 맡아 줄래?"

"찬성!"

미하라 씨가 말하자 미사오와 히나코는 입을 모아서 대답했다.

"나보다는……."

그렇게 말하려는데 세 사람이 박수를 쳐서 강제로 결정해 버렸다.

난 곤혹스런 표정을 지으면서도 내심 무척 기뻤다. 내가 걱정한 건 고교생 브레인이 많아졌을 때 내가 설 자리가 줄어들거나 아예 없어져 버리는 거였다. 하지만 이제 괜찮은 것 같다. 눈물이 쏟아지려는 걸 간신히 참았다. 오렌지셔벗 마스카라가 얼룩져 버릴 테니까.

집에 돌아와 엄마 얼굴을 보고서 깜빡하고 화장 안 지운 걸 깨달았다.

"시험 끝났어."

무슨 말을 해야 좋을지 몰라서 이렇게 말했다.

"나갈 때보다 얼굴이 좋네."

엄마는 시험에 대해서 아무것도 묻지 않았다.

시행

줄리어스 캔디 확대 브레인스토밍은 고교생이 모이기 쉽게 토요일에 하기로 했다. 그룹 인터뷰를 한 여섯 명에 나와 미사오와 히나코와 미하라 씨를 더해 모두 열 명이다. 8월 그룹 인터뷰 뒤로 네 달 만에 다시 만나는 거라 전략기획실은 동창회 모임처럼 왁자지껄했다. 미쿠니 씨와 겐 씨가 보이지 않았다. 뭐, 여기 있다 해도 끊임없는 여자아이들 수다에 끼어들 틈을 찾지 못하고 줄넘기에서 제자리걸음하듯이 어쩔 줄 몰랐을 것이다.

"그러면 마코, 나머진 잘 부탁해."

미하라 씨는 내 어깨를 가볍게 토닥이고 창가에 놓인 의자로 가서 앉았다. 내가 간절히 매달리는 눈길을 보내자 자기는 옵저버니까 의지하지 말라는 듯이 손을 내저었다. 나는 진행자 겸 서기로서 화이트보드 앞에 섰다.

"오늘 여러분이 여기 모인 이유는 미국의 색조 화장품 줄리어스 캔디의 일본 상륙에 대한 아이디어를 모으기 위해서입니다."

말을 꺼내자 수다가 멈추고 모두가 한꺼번에 나를 쳐다보았다. 그 시선이 나를 점점 더 긴장시켰다.

"마코, 모두 동갑이니까, 좀 편하게 말해!"

"맞아!"

미사오가 지적하자 나미코도 맞장구친다. 그러자 마음이 조금 편해졌다.

"로스앤젤레스에 사는 줄리아란 고교생이 갖고 싶은 색 화장품을 화장품 회사들이 팔지 않으니까 자기가 만들어 버렸어."

미국판 카탈로그를 펼치자 금발 여자애가 웃고 있다. 하얀 피부에 볼에 흩어진 주근깨가 매력 포인트다. 본인은 신경 쓰일지 몰라도.

"얘 혼자서?"

"멋지다!"

우리 또래가 만든 화장품이란 얘기를 듣고 하나같이 환성을 지른다.

"물론 기술적인 건 약제사인 아버지가 도와줬지만."

브랜드 소개를 끝내고 나는 종이봉투에서 화장품을 하나씩 꺼냈다. 모두가 '앗!' 하며 한숨을 흘린다.

"자, 발라 봐."

내가 말하기 무섭게 손이 날아들었다. 귀엽다고 환성을 지르면서 제품의 뚜껑을 열고 1초도 기다릴 수 없다는 듯 색을 시험한다. 하와이에 다녀온 선물로 줄리어스 캔디 화장품을 사 온 나미코는 오렌지셔벗 마스카라에 달려들었다.

미사오가 "나보다 더한 화장품 마니아야."라고 귀뜸한 나루미는 바나나마시멜로 마스카라를 골랐다. 미사오가 점찍은 것과 같은 밀키컬러다. 작은 미소녀 다마키가 바르는 건 허니키스라는 립컬러. 콘셉트는 '꽃에서 막 꿀을 빨아들인 벌이 떨어뜨린' 색이다. 광택 있는 벌꿀색 촉촉함이 모양 좋은 입술을 맛있어 보이게 한다.

눈과 귀가 큰 사에코는 퍼지블루베리 섀도를 골랐는데 너무 치덕치덕 발라서 얻어맞은 것처럼 눈꼬리가 부풀어 버렸다. 화장은 잘 못하는구나! 결점이 보이자 사에코가 더 좋아졌다. 창조 정신이 넘치는 내 소꿉친구 미즈호는 손톱 하나하나에 다른 색을 시험하며 즐긴다. 오늘은 하얀색 레이스 커튼을 개조한 원피스 차림이다.

부잣집 아가씨 같은 분위기가 히나코와 닮은 미즈키는 역시 핑크 계열을 골랐다. 히나코와 같은 프레시스트로베리 매니큐어를 발라 보고 나서 마스카라에 도전. 둥글게 만 속눈썹이 화사한 표정을 띠어서 초승달 모양의 커다란 눈이 한층 더 두드러진다.

우리 셋은 모두가 줄리어스 캔디에 푹 빠진 모습을 행복한 기분으로 바라보았다. 이제 곧 캔디색으로 장식한 여자아이들이 거리에 넘칠 것이다.

스타

이렇게 10분이 지나고 나서 본론으로 들어갔다.

"어떤 식으로 하면 이 화장품이 팔릴까. 아이디어가 필요해."

아쉬운 듯이 화장하던 손을 멈추고 모두가 현실로 돌아왔다.

"이거 엄청 귀엽잖아. 병도 그렇고 내용물도. 광고에서 그런 걸 얼마나 전달할 수 있을까?"

바나나마시멜로로 속눈썹을 칠한 나루미가 말했다. 아이섀도는 갓 짜낸 과즙 같은 퍼지네이블을 발랐다.

"입소문으로 팔 수 있을 거 같은데. 문제는 어떻게 소문을 낼까 하는 거야."

나미코는 오렌지셔벗이 옅은 갈색 피부에 밝게 비쳐서 하와이 토박이 같다. 내가 바른 것과 똑같은 색인데도 전혀 다른 인상인 게 신기하다.

"이 캔디 색깔을 완벽하게 재현하면 잘 팔리지 않을까."

젤리빈즈처럼 열 가지 색으로 나눠 칠한 손톱이 잘 마르는지 신경 쓰면서 미즈호가 말했다.

"색 이름도 귀여우니까 같이 소개하면 좋겠어."

그렇게 말한 미즈키는 딸기색 마스카라에 퍼지스트로베리 그러데이션을 매치해 눈가에 기품 있는 그늘이 생겼다.

"늘어놓으면 케이크 전문점 메뉴 같아."

다마키의 손톱은 녹을 것 같은 캐러멜색이다.

"투명한 케이스도 포인트니까 잘 보여 줘야 해."

나미코가 케이스를 가리켰다.

"스프링 카탈로그가 있으면 들고 다니면서 사러 갈 거야."

나루미가 말했다.

"미하라 씨, 예산은 어때요?"

돈 문제에 철저한 히나코가 물었다.

"스프링 카탈로그는 비싸. 하지만 잡지에 양면 광고를 잔뜩 하는 거보다는 그게 임팩트 있고 등장감 있으니까 해 볼 가치가 있을지도 모르겠어."

나는 화이트보드에 '스프링 카탈로그'라고 덧붙였다.

"진짜 사탕처럼 포장하면 귀엽지 않겠어? 컬러 셀로판지로 말아서."

"귀여워!"

미즈호가 말하자 모두가 환성을 질렀다.

"아예 과자 코너에 두고 팔면 좋겠다."

"응응."

다마키 말에 미즈키가 고개를 끄덕였다. 같은 생각을 한 모양이다.

"2월 1일 출시야? 그러면 밸런타인데이도 있어."

사에코가 새로운 흐름을 만들었다. 그러고는 블루베리색이 이상하다는 걸 자기도 눈치챘는지 눈가는 민트셔벗 섀도를 발라 시원한 산들바람색으로 고쳤다.

"남자애한테 선물해 달라고 할 거면 화이트데이를 노려야지."

나루미가 말하자 여자아이들은 그렇다며 맞장구쳤다. 이름이 캔디라서 밸런타인데이 답례로 적당하다. 남자아이가 여자애한테 선물하고 싶을 만한 색도 잔뜩 있다. 여자아이가 조른다. 남자아이가 사 주고 싶어 한다. 확실히 좋은 기회다.

"내가 캔디가 되는 화이트데이라든가."

중얼거림이 카피가 되는 히나코. 역시 카피라이터 선발 대회 우승자답다.

"남자애들 보는 잡지에도 광고해야 돼."

다마키가 한마디 거들었다.

나는 이어서 '사탕 같은 포장', '화이트데이 광고'라고 썼다.

"과자에 덤으로 얹어서 초미니 사이즈 샘플을 돌리는 건 어때?"

"그러면 초미니 메이크업 박스에 넣어 주면 좋겠다!"

"갖고 싶어!"

"입소문 작전으로 학교에서 튀는 아이한테 샘플을 뿌리는 건?

그땐 나도 리스트에 넣어 줘. 잘 부탁해!"

나미코가 말하자 다마키가 제안한다.

"연예인을 쓰는 게 가장 효과적이지 않아?

텔레비전이나 잡지에서 자주 보는 유명한 사람이 살짝 걸치기만 해도 상품은 단숨에 시장을 주도한다. 연예인이 직접 추천하는 것이 광고보다 몇 십 배나 매출에 공헌하기도 한다. 그래서 돈을 주고 상품 PPL을 부탁하는 경우도 많다. PPL은 영화나 드라마 등에 상품을 등장시켜 간접적으로 광고하는 마케팅 기법의 하나다.

"실은 나 CANDY랑 소꿉친구야."

"진짜야, 다마키?"

같은 반인 히나코도 몰랐던 사실이다. CANDY는 원래 잡지를 중심으로 활약하던 모델인데, 작년에 TAKE가 주연한 연속극에서 여동생 역을 연기한 것이 계기가 되어 인기에 불이 붙었다. 미국에서 살다 왔으니 분명히 도내의 아메리칸 스쿨에 다니고 있을 터이다.

"CANDY라는 이름이랑 이미지가 딱이지 않니?"

고양이처럼 예리하게 추켜세운 미사오의 눈은 보기에 따라서는 CANDY와 닮았다.

나는 '초미니 샘플', '샘플 뿌리기'에 '연예인'이라고 덧붙였다.

오후 2시에 시작한 브레인스토밍이 끝나고 M에이전시를 나왔을 때 하늘은 석양빛으로 물들어 있었다. 중간에 화장실에 가려고 10분 쉰 것 빼고는 세 시간 동안 쉼 없이 달렸다. 나는 차를 마시고 가라는 권유를 뿌리치고 집으로 걸음을 재촉했다. 기말 시험 성적은 아직 나오지 않았다. 엄마한테는 입시 학원 견학하러 간다고 둘러대고 집을 나왔다. 엄마가 학원을 몇 군데나 보고 왔느냐고 묻기 전에 "강의를 두 개나 청강하고 왔어."라고 슬쩍 말했다. 뻔히 보이는 거짓말이다. 하지만 엄마는 아무 말도 하지 않았다.

슈팅

확대 브레인스토밍이 있던 날, 저녁 7시가 지나서 퇴근 준비를 하던 미하라 씨에게 모르는 번호로 전화가 왔다.

"CANDY예요."

전화기 속 상대가 말했다.

설마 본인한테서 전화가 올 줄은 생각도 못한 미하라 씨 머릿속이 물음표로 가득했다. 전화 상대가 말을 이었다.

"다마키한테 줄리어스 캔디 얘기 들었어요. 지금 당장 보고 싶은데 그쪽으로 가도 될까요?"

미하라 씨가 알았다고 하자 CANDY는 15분 후에 M에이전시에 나타났고, 전략기획실에서 장장 두 시간에 걸쳐 모든 색을 발라 보았다 한다. 항상 사람들 시선을 받는 CANDY로서는 아무한테도 방해받지 않고 마음껏 화장품을 발라 본 시간이 천국이었는지도 모른다. 그때만 해도 미하라 씨는 CANDY 기용이 어려울 거라고 생각했다. CANDY 소속사가 TAKE와 같았기 때문이다. CANDY가 드라마에서 TAKE 여동생 역을 맡아 히트한 이유도 그 때문이다.

스토리보드 유출 사건을 모르는 CANDY가 매니저한테 "줄리어스 캔디 광고에 나가고 싶어요."라고 하자 매니저도 처음에는 반겼다. 하지만 M에이전시 일이라고 하자 제동이 걸렸다. 그래서 CANDY는 M에이전시와 소속사 사이에 뭔가 있었구나 하고 눈치챘다. 그렇다고 CANDY는 물러서지 않았다. 매니저보다 얘기가 잘 통하는 소속사 사장에게 찾아가 직접 담판을 지었다.

"무슨 일이 있었는지는 몰라도 CANDY 찬스가 없어지면 누가 해피하죠? 바보 같아요."

이렇게 말하고 나서 한마디 덧붙였다.

"죄송해요. 에둘러 말하는 일본어를 몰라서."

CANDY의 촬영은 12월 두 번째 토요일 메구로에 있는 스튜디오에서 진행됐다. 경쟁 프레젠테이션이 끝나고 나서 촬영하면 1월 하순에 판매되는 잡지에 맞출 수 없어서 미리 강행했다. 프레젠테이션에 이길 거라고 믿고서. 우리 셋과 CANDY를 소개해 준 다마키는 특별히 촬영을 구경하게 되었다. 우리는 미하라 씨와 함께 오전 9시에 도착했다. 스튜디오에는 CANDY 말고도 스태프가 열두 명이 더 있었다. 카메라맨과 조명에 조수가 두 명씩 붙어서 여섯 명, 헤어 메이크업과 스타일리스트에 조수가 한 명씩이라 네 명. 그리고 M에이전시 아트 디렉터와 CANDY 매니저.

붉고 통이 좁은 긴소매와 보라색 타이츠 차림. 오른쪽 귀에는 스프링처럼 줄줄이 달린 피어스. 나이를 알 수 없는 이 아저씨가 카메라맨인 마모루 씨다. 그 옆에서 큐시트를 펼쳐 놓고 마지막 점검을 하는 사람이 M에이전시 아트 디렉터인 가와자키 유카 씨. 티셔츠와 물 빠진 무명 바지와 하얀색 스니커즈, 머리는 초록색 브릿지를 넣은 숏커트, 화장은 초록색 마스카라뿐. 그 단순함에서 미의식이 느껴진다. 소년 같은 분위기를 풍기는 유카 씨는 입사 4년 차, 아직 스물여섯 살이다. 하지만 빠릿빠릿한 움직임으로 현장을 지휘하는 모습은 미하라 씨에게 뒤지지 않을 정도로 멋지다. 나도 10년 후에는 저렇게 될 수 있을……까.

CANDY는 메이크업을 끝내고 조명 앞에서 촬영 준비를 했다. 실물을 보는 건 처음이다. 인형 같은 모습이 텔레비전이나 잡지에서 보는 것보다 훨씬 비현실적으로 느껴졌다. 피부가 맑고 희고 몸의 선이 이상할 만큼 가늘고 허리 굵기는 내 허벅지 정도, 얼굴은 내 절반 정도밖에 안 된다. 그런데 꽉 찬 존재감을 뿜는 건 분명히 눈빛이 강렬하기 때문이다. 모델 출신답게 카메라를 들이대면 표정이 프로로 돌변한다.

"평소 CANDY랑은 다른 사람 같아."

내 옆에서 지켜보던 다마키조차도 한숨을 내쉰다.

이렇게 귀여운 건 모델이 좋아서일까. 아니면 줄리어스 캔디의 마법 때문일까? 다마키와 히나코와 미사오도 오라 같은 걸 갖고 있지만 그걸 한데 모아도 CANDY가 발산하는 빛에는 당할 수가 없다.

"최근 본 중에서는 저 애가 최고야."

유카 씨도 아낌없이 칭찬했다.

줄리어스 캔디 외에 THÈME와 헤어 케어 제품과 통신 판매 속옷을 담당하고 있는 유카 씨는 거리를 걷는 여자애를 보면 쓸 수 있겠어, 못 쓰겠어 하고 반사적으로 심사해 버린다고 한다.

"너희는 합격!"

유카 씨의 그 말이 빈말이라는 걸 알면서도 우리는 기가 살았다. 촬영은 상반신뿐이라 CANDY는 의자에 앉아 있다. 바나나마시멜로가 열 알갱이 늘어선 손톱이 잘 보이도록 탁자에 팔꿈치를 짚고 손등을 카메라로 향했다. 의상은 플란넬 소재 칠부 소매 원피스. 메이크업 색이 돋보이도록 새하얗고 디자인이 단순한 옷을 스타일리스트가 골라 왔다. 원피스는 몸을 따라 흐르며 전체 길이는 무릎 밑 정도. 하지만 발치는 찍히지 않으니까 검은 슬리퍼를 신었다.

완벽하게 꾸민 상반신과 김빠지는 하반신. 그 차이가 어쩐지 재미있다. 의상에 주름이 지거나 실이 풀리거나 하면 스타일리스트가 "들어갑니다!" 하고 CANDY한테 달려가 재빨리 매만진다. 왼쪽 손목에 두른 바늘꽂이에는 바늘 외에도 안전핀과 작은 가위가 꽂혀 있다. 불룩한 주머니에는 테이프가 들어 있는데, 의상에 붙은 먼지나 실밥을 깨끗이 떼어 낼 때 쓴다. 머리가 흐트러지거나 땀 때문에 화장이 지워지면 헤어 메이크업 담당자가 나설 차례다. 허리에 두른 가방에서 화장 도구를 꺼내어 쓱쓱 앞머리를 정돈하고 파우더를 덧바르기도 한다. 흐르는 듯한 움직임은 정말이지 프로다워서 보기만 해도 기분이 좋아진다.

머리카락을 기구로 말아서 부풀린 머리끝에는 바나나마시멜로 헤어마스카라를 보일 듯 말 듯 발랐다. CANDY의 밝은 갈색 머리는 염색한 게 아니라 타고난 것이다. 다마키 얘기로는, 일곱 살 때까지 미국에 살았지만 일본인으로 보인 적은 별로 없고, 일본에 돌아와서는 외국인으로 곧잘 오해를 받았다고 한다. CANDY가 바른 색은 노랑과 오렌지 계통. 마스카라는 오렌지셔벗. 나와 나미코가 고른 것과 같은 색이다. 하지만 전혀 다른 색이기도 하다.

나는 조금 어른스러운 오렌지. 나미코는 남쪽 섬의 태양을 도회로 옮겨 온 오렌지. CANDY는 달콤한 향기가 나는 과일 요정 오렌지. 바른 순간 그 사람의 개성을 흡수해서 느낌을 바꿔 버린다. 줄리어스 캔디의 색에는 그렇게 신기한 재미가 있다.

기다란 속눈꺼풀 너머로 보이는 섀도는 퍼지네이블. 눈꼬리가 올라간 날카로운 눈에 커다란 눈동자. 고양이를 연상시키는 눈가에 노랑부터 오렌지로 변하는 밝은 그러데이션을 둘렀다. CANDY의 눈은 쉴 새 없이 움직인다. 둥그렇게 뜬 다음 순간에는 작은 악마처럼 장난스런 시선을 던지기도 하고, 천사처럼 순진하게 웃기도 한다. 초 단위로 표정이 변할 때마다 퍼지네이블도 다른 인상을 준다. 그리고 립크림은 허니키스. 벌꿀색 광택으로 촉촉하게 젖은 입술이 유혹한다.

"지금 웃은 거 좋아!"

"머리 쓸어 올려 봐!"

"팔짱 껴 볼래?"

"시선 이쪽으로!"

마모루 씨는 쉼 없이 말을 걸면서 슈팅 게임에서 반격하는 기세로 셔터를 눌러 댔다.

"마음에 드는 컷이 없으면 재촬영해야 하니까 필름은 아낌없이 써."

유카 씨가 가르쳐 주었다.

"재촬영하게 되면 카메라맨이랑 모델 스케줄은 물론이고 스튜디오랑 헤어 메이크업도 다시 섭외해야 해서 일이 많아지고 돈도 더 들어. 뭣보다 다시 하면 긴장감이 떨어져."

하지만 이번에는 그럴 걱정이 없는 듯하다. 더구나 재촬영할 시간도 없다.

"만약 프레젠테이션이 통과되면 역 주변을 포스터로 도배해서 시부야를 우리 걸로 만드는 거야."

유카 씨가 말했다.

"만약이 아니라 통과할 거야. 통과시킬 거야."

미하라 씨가 바로잡았다.

시부야역 주변에 집중적으로 붙일 거니까 시부야는 CANDY 투성이가 된다. 나는 그 광경을 상상해 보았다. 부디 프레젠테이션이 통과되어 줄리어스 캔디를 두른 CANDY가 거리에 넘치기를 바랐다. 광고를 본 여자아이들은 그 색을 찾아서 가게로 달려갈 게 분명하니까.

브랜딩

촬영이 끝나고 스튜디오 구석에 있는 탁자에 CANDY와 함께 모여 앉아 차를 마시며 과자를 먹었다. 다마키가 우리를 소개하자 CANDY는 원피스 자락을 살짝 들어 올리고 "안녕하시와요?" 하며 장난스럽게 인사했다. 미하라 씨한테는 "또 놀러 가도 돼요? 그 회사 맘에 들었어요." 하고 친근하게 말했다. 누구하고나 금방 친해지는 성격이어서 연예계에서도 귀여움을 받겠지.

"자, 귀염둥이들 이쪽을 보세요!"

돌아갈 준비를 끝낸 마모루 씨가 탁자로 다가와 눈부신 플래시를 터뜨리며 찰칵찰칵 사진을 찍었다. 그러고 나서 "이건 CANDY 선물."이라며 봉투를 탁자에 놓고 가 버렸다. 봉투 속에는 본 촬영 전에 시험 삼아 찍은 폴라로이드 사진이 들어 있었다. 폴라로이드 속 CANDY는 역시나 항상 잡지에서 보던 것 이상으로 생기 넘쳤다.

잠시 넋을 잃고 보던 CANDY는 그중 한 장을 고르더니 "이거 여권에 써야겠어. 지금까지 찍은 사진 중에서 가장 좋은걸!" 하며 가슴에 꼭 품었다. CANDY는 모두와 천천히 얘기하고 싶다며 매니저를 먼저 돌려보냈다. 쿠키와 초콜릿을 볼이 미어지도록 먹어

대는 CANDY를 보면서 어째서 그게 지방이 되지 않는지 신기한 생각이 들었다. CANDY는 어릴 때부터 단것을 좋아해서 사탕을 보면 울다가도 그치는 아이였다 한다. 그래서 맨 처음 익힌 단어가 CANDY고 그걸 자기 이름이라고 착각했다.

"이 캔디도 넘 좋아!"

CANDY는 탁자에 놓인 줄리어스 캔디 매니큐어를 집어 키스하는 흉내를 냈다.

"어, 지난번엔 없었지? 이 색깔."

미사오는 눈을 빠르게 움직여 프레셔스프랄리네 색을 발견했다. 태운 아몬드향이 고소하게 풍길 듯한, 가을 겨울에 딱 어울리는 갈색이다.

"이거 봐. 크리스마스 캔디래!"

히나코와 다마키는 빨강과 하양이 소용돌이치는 립크림에 뛸 듯이 기뻐했다. 화장품이 있으면 장소를 가리지 않고 테스트 코너로 만들어 버리는 우리를 미하라 씨와 유카 씨는 질렸다는 표정으로 바라보았다.

"젊은 애들은 물감에 푹 빠지지만 우린 캔버스가 문제네. 색칠하기 전에 우선 밑판을 다듬어야 하니."

미하라 씨가 뺨을 문지르며 말했다.

"전 아직 트러블 같은 거 몰라요."

유카 씨가 자기 젊음을 강조했다. 똑같은 취급은 하지 말아 달라는 투다.

"그런 말 할 수 있는 것도 몇 년 안 남았어. 삼십 대에 돌입하면 덜컹, 급강하야."

미하라 씨가 호들갑스레 겁을 줬다.

"아우, 싫어!"

우리는 함께 웃었다.

"아아, 나이 들기 싫어!"

"난 아줌마 되는 거 기대돼."

히나코는 미사오랑 정반대되는 말을 했다.

나는 빨리 어른이 돼서 혼자 살고 싶다. 하지만 아줌마가 되고 싶지는 않다. 이십 대에서 시간이 멈춰 주진 않을까?

"인간은 시간의 흐름을 거스를 수 없어. 하지만 시간을 재산으로 바꿀 수 있는 것도 인간이야."

미하라 씨가 철학자 같은 말을 한다.

"포도를 내버려 두면 썩지만 숙성시키면 와인이 되지요."

"좋은 얘길 하네, 유카. 썩은 포도가 될지 와인이 될지, 중고품이 될지 빈티지가 될지, 시간을 보내는 방법에 따라 결정된다는 거……라고 자신을 경계하며 어른들은 살아가는 거야."

그렇게 말하는 미하라 씨는 물론 와인이다. 그중에서도 아주 맛있는 프리미엄 레드와인일 거다. 마셔 본 적은 없지만.

"브랜딩이 중요한 거야. 사람이든 물건이든."

미하라 씨가 힘주어 말했다.

브랜딩?

"그 브랜드에만 있는 부가가치를 만들어 가는 거야."

이 자리에 없는 겐 씨 대신 유카 씨가 대답해 주었다.

"젊다고 해서 방심하면 안 돼. 상품도 처음 출시했을 때는 새롭다는 이유만으로도 팔리지만 질리면 끝이니까. 꼭 이거여야만 한다고 생각하게 만드는 개성과 매력이 필요해."

평소처럼 쓴소리를 하던 미하라 씨는 CANDY를 보고 '아뿔싸' 하는 표정을 지었다. 신인이 끊이지 않는 곳이 연예계다. 거기 속한 CANDY한테는 심한 말로 들렸을지 모른다. 걱정이 돼서 CANDY를 흘긋 쳐다보니 손으로 공기를 잡아서 먹는 시늉을 하고 있다.

"미하라 씨의 고~마운 말을 먹는 거야."

조금 귀가 따가운 말도 영양분으로 바꾸어 버리는 CANDY는 그저 귀엽기만 한 여자아이가 아니다. 인기를 모으고 있는 지금이 절정이 아니라 성장할 가능성을 무한히 갖고 있다. CANDY하고는 비교할 수 없지만 나도 야마구치 마코 브랜드를 키워 나가야 한다.

"그러고 보니 브랜드 슬로건 어떻게 할 거예요?"

유카 씨가 미하라 씨에게 말했다.

카피라이터인 아리마 마리아 씨가 정리해 주어서 캐치프레이즈(슬로건에 비해 짧은 기간 동안 사용하기 위한 목적으로 창작하며 소비자의 구체적인 구매 행동을 촉구하는 문구)는 '나를 맛있게 하는 줄리어스 캔디'로 정했다. 미사오가 "마코를 훨씬 맛있게 해 줄게."라고 말한 게 원안이다. 그런데 브랜드 슬로건이 좀처럼 정해지지 않았다.

"셋이서 생각해 봐. 소녀 브랜드는 소녀에게 맡길게."

미하라 씨가 우릴 향해 말했다.

"그거 괜찮을 거 같아."

히나코는 먹던 쿠키를 내려놓고 펜을 집더니 탁자에 있던 A4 용지에 이렇게 썼다.

> 화사한 걸 화장품.

"화사한 걸 화장품?"

미하라 씨가 소리 내어 읽자 CANDY가 웃음을 터트렸다.

미사오와 나와 다마키도 웃었고 히나코도 안심한 듯 함께 웃었다.

"카피는 회의실이 아니라 현장에서 태어나는 거네."

유카 씨가 히나코가 쓴 카피를 집어 들었다.

"로고 넣어서 시안을 만들어 볼게. 기대해."

프레젠테이션

M에이전시에 오는 게 벌써 몇 번째더라. 첫 브레인스토밍 때는 푸르렀던 가로수가 모두 잎을 떨구고 있다. 엘리베이터에 타려다가 내리던 여자와 부딪힐 뻔했다.

"죄송합니다!"

내 목소리에 상대가 멈춰 섰다.

"마코!"

"어, 마리아 씨?"

스쳐 지났으면 알아채지 못했을지도 모른다. 반년 새에 민들레는 장미 봉오리가 되었다.

"나, 이브에 브이!"

마리아 씨는 V 사인을 남기고 새빨간 드레스 자락을 휘날리며 뛰어갔다.

사랑을 향해서.

멀어지는 하이힐 소리가 노래하는 듯 들렸다.

줄리어스 캔디 프레젠테이션은 하필이면 크리스마스이브 저녁 5시에 시작하게 되었다. 세계물산 홍보팀 담당자 전원이 모일 수 있는 시간이 그때뿐이었다. 나와 미사오와 히나코와 미하라 씨가 전략기획실에 모여서 프레젠테이션에 쓸 보드를 확인하는데, 문이 열리고 미쿠니 씨와 겐 씨가 들어왔다.

"뭘 하는 거지?"

미쿠니 씨가 왜 그런 질문을 하는 건지 처음에는 알 수 없었다.

"프레젠테이션 최종 확인이에요."

미하라 씨가 잘라 말했다.

"보는 대로 아닌가?"

미사오가 작은 소리로 꼬집었다.

"프레젠테이션은 하지 않는다고 말했을 텐데?"

"어?"

우리는 얼굴을 마주 보았다. 무슨 소리지? 확실히 미쿠니 씨와 겐 씨는 프레젠테이션을 준비할 때 한 번도 얼굴을 내밀지 않았다. 하지만 그건 남자들은 모르는 일이라서 미하라 씨가 지휘했기 때문에 그런 거 아니었나? 사정을 아는 겐 씨는 어찌할 바를 몰라서 미쿠니 씨와 미하라 씨를 번갈아 바라볼 뿐이다.

"이길 수 없는 프레젠테이션에 참가하는 건 시간 낭비야."

"이길 거예요."

"혹시 이겨도 매출 목표 10억 엔에는 못 미쳐."

"이대로 끝내고 싶지 않아요."

이대로.

그 말이 나를 푹 찔렀다.

"더욱 먹칠하는 꼴이 될지도 몰라."

"더 잃을 건 없어요."

미쿠니 씨가 입을 다물었다.

미하라 씨도 입을 다물었다.

우리는 움직이지 못하고 둘 중 누군가가 무슨 말이든 잇기를 기다렸다.

"알았어."

먼저 입을 연 것은 미쿠니 씨였다.

"그 대신 프레젠테이션은 내가 이끌겠어. 아이들은 여기까지야."

"아니요. 이건 이 애들 프레젠테이션이에요. 얘들에게 시킬 거예요."

미하라 씨가 잘라 말했다.

미쿠니 씨가 노골적으로 얼굴을 찌푸렸다.

갑작스런 사태에 나와 미사오와 히나코도 당황했다.

"못 들었어."

미사오가 따졌다.

"미하라 씨가 프레젠테이션하는 거 아니에요?"

내가 물었다.

"소녀들 언어로 프레젠테이션하는 게 설득력 있지 않겠어?"

미하라 씨가 당연하다는 듯 말했다.

"아무리 그래도 무모하잖아요? 고교생한테 프레젠테이션을 시키다니."

보다 못한 겐 씨가 끼어들었다.

"당연하지. 처음 프레젠테이션하는 상대한테 고교생을 보낼 수 있겠어? 깔본다고 생각할 거야."

미쿠니 씨가 고집했다.

"이미 네 개 사의 경쟁 프레젠테이션이 끝난 시점에서 뛰어드는 거예요. 이 정도 무기가 있어도 좋잖아요?"

"이기고 싶은 거야, 마지막으로 화려한 걸 하고 싶은 거야, 어느 쪽이야?"

"물론 이기고 싶어요."

"창피만 당할 거야. 애들이랑 같이 망할 작정이야?"

평소 같으면 우리 앞에서 하지 않을 얘기를 미쿠니 씨와 미하라 씨가 하고 있다. 결과만 듣기보다는 숨김없이 얘기해 주는 게 좋다. 하지만 듣고 싶지 않기도 하다. 고교생 브레인을 채용하는 데 미쿠니 씨는 반대했는지 모른다. 그래서 지금 후회하는지도 모른다.

"보물은 네 안에 있다. 그걸 보물의 산으로 만들지 썩힐지는 너 하기 나름이다."

미하라 씨가 불쑥 책의 한 구절을 읽듯이 말했다.

"무슨 말을 하고 싶은 거야?"

"미쿠니 씨가 쓴 《브레인스토밍 입문》 취업 준비할 때 읽었어요. 이 사람이랑 일하고 싶다는 생각에 신입 사원 채용 때 떨어진 M에이전시에 중도 입사했어요. 미쿠니 씨가 있는 마케팅본부에 배속됐고 전략기획실로 끌어 주서서 꿈을 이뤘어요. 하지만 제가 동경한 미쿠니 씨는 이런 사람이 아니었어요."

미쿠니 씨에게 필사적으로 호소하는 미하라 씨 눈에 눈물이 맺혔다.

"맘대로 해!"

미쿠니 씨는 방을 나갔다.

"볼썽사나운 꼴을 보여서 미안해."

미하라 씨가 애써 밝게 얘기했다.

나는 뭐라고 말해야 좋을지 알 수 없었다. 미쿠니 씨도 이대로 끝내고 싶지는 않을 것이다. 다만, 이 이상 누구에게도 상처 주고 싶지 않으니까 수비 태세로 들어간 거다. 원래라면 지금쯤 매출 10억 엔 목표를 가볍게 클리어하고 내년 일을 웃으면서 이야기하고 있었을 텐데.

그러지 못하게 된 건 내 탓이다.

이 사람들을 슬프게 하고 말다툼을 하게 만든 건 나다.

내가 할 수 있는 일은 줄리어스 캔디 프레젠테이션에서 이기는 것뿐이다.

세계물산 입구에 도착할 때까지 미하라 씨는 몇 번이나 멈추어서 돌아보았다. 미쿠니 씨가 나타나길 기다렸다. 보안 게이트를 지나려고 할 때 미쿠니 씨가 따라왔다.

"와 주셨군요."

"앉아 있기만 할 거야."

미하라 씨와 미쿠니 씨가 짧은 말을 나누었다.

대회의실로 들어가자 U 자 모양 탁자를 둘러싸고 거래처 사람들이 앉아 있었다. 여성은 후지노 씨와 대학생쯤으로 보이는 인턴 사원 둘뿐. 나머지 열 명은 정장 차림 남자들이다. 모두 미쿠니 씨보다 나이가 많아 보였다. 즉, 아저씨들이다.

"저 애들은 뭐지?"

"모델인가?"

미쿠니 씨와 미하라 씨와 겐 씨에 이어 방에 들어온 우리 셋을 보고 아저씨들이 속삭이는 소리가 들렸다. 미사오와 히나코는 그렇게 보일지도 모르지만 잡초가 섞여서 판단하기 어려워하는 느낌이다. U 자 탁자의 열린 부분 앞에서 우리는 모두 뻣뻣하게 서 있었다.

"오늘 이렇게 기회를 주셔서 고맙습니다. 저희 M에이전시는 세계 114개국에 거점을 둔 광고 그룹의 일원입니다. 세계물산의 새 브랜드 줄리어스 캔디가 일본에서 성공하는 데 꼭 힘을 발휘하고 싶어 아이디어를 갖고 왔습니다."

미하라 씨 정면 U 자의 가장 튀어나온 부근에 앉은 안경 낀 아저씨가 시계를 흘끔거렸다. 심지어 하품을 하는 사람도 있다.

"이쪽 고교생 브레인 셋이 중심이 되어 오늘 프레젠테이션을 준비했습니다. 지금부터는 이 세 사람의 언어로 설명드리겠습니다."

미하라 씨의 말을 신호로 우리 셋이 한 걸음 앞으로 나섰다.

"잠깐 기다리세요. 그 애들 얘기를 들으란 겁니까?"

시계를 흘끔거리던 아저씨가 말했다.

"뒤늦게 끼어든 프레젠테이션이라길래 어떤 걸 보여 주려나 했더니, 애들 장난입니까?"

"우리는 아침부터 회의가 이어져서 파김치라고요!"

"진지하게 하세요. M에이전시!"

위험해, 위험해, 위험해.

미쿠니 씨가 걱정한 건 이거였나.

"죄송합니다."

미쿠니 씨가 머리를 숙였다.

"계속해서 저희 회사 미하라가 설명드리겠습니다."

"죄송하지만 저는 이 아이들 프레젠테이션을 듣고 싶습니다."

후지노 씨가 가로막았다.

"줄리어스 캔디를 사는 건 이 아이들입니다."

늘어앉은 아저씨들의 입을 다물게 하고 나서 "부탁드립니다."
하며 우리에게 머리를 숙였다. 어떡해야 하나 미하라 씨를 보니
힘차게 고개를 끄덕였다. 우리는 각오를 다지고 고개를 끄덕여 보
였다.

"줄리어스 캔디. 우리 고교생은 이렇게 파악했어요."

미사오의 목소리가 떨렸다. 덜덜 떨리는 손으로 보드를 뒤집
었다.

"화사한 걸 화장품."

어째서인지 아저씨들이 동시에 고개를 갸웃했다.

미하라 씨가 몸짓으로 "거꾸로, 거꾸로!"라고 전한다.

몸춣홀

론 핺사홀

두 줄로 짠 로고가 거꾸로 뒤집힌 걸 깨닫고 미사오가 당황해서
위아래를 바로잡았다. 후지노 씨와 인턴이 키득거리고 하품을 하
던 남자가 덩달아 웃었다. 긴장이 풀리자 미사오가 평소 상태를
되찾았다.

"있을 것 같지 않던 우리 걸들의 브랜드. 건방지고 제멋대로,
돈은 없는 주제에 주문은 거침없는. 걸들은 성가신 생물이에요."

시계를 보던 안경 낀 남자가 앞에 놓인 종이에 뭔가를 적었다.
케이크와 마카롱을 콜라주한 보드를 들고 하나코가 뒤를 잇는다.

"그런 걸들이 지갑을 여는 건 달콤한 것. 이름도 보기에도 캔디
같은 이 화장품을 차라리 과자처럼 팔아 본다면 어떨까 하는 게
화사한 걸들의 꿍꿍이예요."

드디어 내가 나설 차례다. 매장과 포장 이미지를 그린 보드를
손에 들었다.

"케이크 전문점 같은 숍, 작은 과자 같은 포장. 이 포장을 갖고

싫어서 사는 걸들이 있으면 좀 어때요?"

의자에 몸을 뒤로 젖히고 앉아 듣던 아저씨들이 등을 쭉 폈다.

"줄리어스 캔디가 일본에 상륙하는 2월은 밸런타인데이 계절. 한 달 뒤에는 화이트데이. 초콜릿 답례라고 하면……"

조금 여유가 생긴 나는 U 자 모양 탁자를 천천히 둘러보면서 말을 이었다.

"맞아요, 캔디예요. 그런 줄리어스 캔디의 얼굴에 딱 맞는 여자 애를 발견했어요."

나는 아저씨들을 끌어들일 틈을 두고서 다음 보드를 보여 주었다. 프레젠테이션에 이길 수 있다고 믿고 먼저 찍은 CANDY의 베스트 컷이다.

"여러분도 아실 거예요. 모델 겸 연예인 CANDY예요."

생각만큼 반응은 없었다.

"합성 사진 아니에요. 시간이 없으니까 촬영해 버렸거든요."

이번에는 탁자 위로 웅성거림이 달렸다. M에이전시의 진심이 전해졌다.

"저 모델 쓸 수 있나요? 예산 오버잖아요?"

하품을 하던 아저씨가 끼어들었다.

예상한 전개다.

"저희도 CANDY 기용을 검토했지만 1년 계약에 3000만 엔이라고 해서요."

후지노 씨가 말했다. 그렇다, 시세는 그 정도다.

"실은 CANDY는 우리 친구예요. 그래서 우정 출연으로 3개월 계약, 300만 엔에 모델이 돼 주기로 했어요."

"호오!"

또다시 이런 소리가 모두의 입에서 흘러나왔다. 사실은 촬영 때 친해졌지만, 뭐 어쨌든 거짓말은 하지 않았다. 하품 아저씨와 안경 아저씨도 몸을 앞으로 내밀었다. 거의 다 됐다.

"역에 붙일 포스터와 잡지 광고 시안도 가져왔어요."

내가 말하자 미사오와 히나코가 시안 보드를 들어 올렸다.

"걸들을 가슴 뛰게 할 준비는 끝났습니다."

이제 거래처의 사인을 기다리기만 하면 된다. 빨리 예스라고 말해 줘. 합격 종이 울리는 순간을 기다리면서 노래자랑에 나간 사람 같은 기분으로 탁자를 둘러보았다. 후지노 씨가 박수를 치자 이어서 인턴 사원이 박수를 쳤다. 아저씨들도 이끌려서 박수를 친다. 겐 씨조차 덩달아 박수를 쳤다. 그런 겐 씨를 미쿠니 씨가 '한 식구잖아!'라고 나무라는 듯 쳐다보았다. 미쿠니 씨 눈은 웃고 있었다. 후지노 씨가 미하라 씨를 향해 고개를 힘차게 끄덕였다. 마주 고개를 끄덕이는 미하라 씨의 눈이 촉촉하게 젖었다.

세계물산 건물을 나오자 차가운 북풍이 온몸을 감쌌다. 하지만 추위는 느껴지지 않는다. 몸이 아직 뜨겁다.

"내가 프레젠테이션했으면 이기지 못했어."

미쿠니 씨가 후련한 얼굴로 말해서 나는 진짜로 기대해 버렸다.

"10억 엔 따냈나요?"

"설마."

줄리어스 캔디 론칭 캠페인은 인쇄 매체뿐이며 예산은 1억 엔이다. 전략기획실 연간 매출 목표 10억 엔은 달성할 수 없었다. 회사와 약속한 대로 전략기획실은 연내 해산이 결정되었다. 어느 정도 각오는 했지만 그래도 혹시나 하는 기대는 있었다. 하지만 이것이 현실이다. 전략기획실에서 담당했던 프로젝트는 마케팅본부가 이어 간다.

"마지막에 1점 만회했잖아. 이걸로 아쉬움 없이 일본을 떠날 수 있어."

생각도 못한 미쿠니 씨 말에 우리는 놀라서 입이 벌어졌다.

"어, 말 안 했나? M에이전시 파리에 부임하게 됐다고."

혹시 나 때문에?

"날려 가는 거예요?"

"날아가는 거야."

미쿠니 씨가 힘주어 말했다.

니즈

"마코, 일루미네이션 보고 가지 않을래? 아주 좋은 데가 있거든."

미하라 씨가 밝은 목소리로 말했다.

나를 혼자 두면 위험하다고 생각했는지도 모른다. 미쿠니 씨는 훌훌 떨쳐 버린 듯했지만, 나는 미안함이 가득했다. 나 때문에 전략기획실은 해산까지 내몰렸다. 미하라 씨가 데리고 간 '아주 좋은 데'는 전략기획실이었다. 블라인드를 올리자 색색 전구로 채색된 거리가 내려다보였다. 커다란 종이봉투나 꽃다발을 안은 사람들이 거리를 꽉 채웠다. 찰싹 붙어 걷는 연인들은 무한대 기호 모양으로 이어진 듯도 하고, 이 행복은 최고이며 영원할 거라고 말하는 듯도 하다.

데뷔 전날에 보았던 SAMURAI의 옥외 광고 앞에서 여자아이 한 무리가 서로 사진을 찍어 주었다. 10미터는 됨 직한 가로로 긴 광고판에 일곱 명이 나란히 늘어서 있다. 그림자 무사 의상이 아니라 하얀색 옷차림이다. '헤이세이의 습격 12월 14일 SAMURAI'라고 힘찬 붓글씨체로 카피가 들어가 있다.

데뷔 엘범 〈SAMURAI〉는 발매 당일에 가요 히트 차트 정상을 치고 올라갔다. 마지막 만남 뒤로 아직 한 달도 지나지 않았는데 그들은 너무나 멀리 가 버렸다. SAMURAI 옆에는 〈7인의 그림자 무사〉 영화 광고가 나란히 붙어 있다. 지난 주말에 개봉한 영화에 연일 젊은이들이 몰려들어 J프로덕션과 영화사 모두 기뻐서 비명을 올렸다.

오모테산도를 끼고 건너편에는 히나코가 이름 붙인 THÈME 광고가 보였다. 나에게 고교생 브레인이 될 기회를 준 카피라이터 선발 대회 과제. 우리 고교생 브레인이 처음 한 일은 캔 홍차인 THÈME의 경품 프로모션 때 전신 거울을 제안한 것이다. 그 옆 빌딩 옥상에는 초콜릿 바다에 녹아드는 TAKE가 있다.

할 수만 있다면 스토리보드를 갖고 나오기 전으로 시곗바늘을 돌리고 싶다. 하지만 그 사건이 없었다면 줄리어스 캔디를 공략하는 일도 없었다. TAKE 기획사의 노여움은 아직 풀리지 않았지만 다행인 건 최근에 TAKE가 "5,000엔에 낙찰된 유감스런 놈입니다."라는 걸 소재로 삼아서 익살스러운 노선을 개척하고 있다는 사실이다. 드라마에서 여동생을 연기한 CANDY가 뭔가 말해 줬는지도 모른다. 결과적으로는 '맛있는' 스캔들이 되었다. 물론 결과일 뿐이다. 운이 좋았을 뿐이다. 저질러 버린 과거는 사라지지 않는다. 하지만 덮어쓸 수는 있다는 걸 나는 아픔과 바꿔 알았다.

TAKE가 붙어 있는 빌딩 1층에는 치킨 더 치킨이 있다. 크리스마스 한정 버전 스웨터를 입고 니트 모자를 쓴 남녀 점원이 크리스마스 치킨을 팔았다. 미국과 같은 촌스런 초록색 상하복이 우리가 제안한 계절 한정 윗도리와 바지 조합으로 바뀐 건 그림자 무사 버거를 팔기 시작한 날이다. 어느 쪽이 효과를 본 건지는 몰라도 파리만 날리던 가게에 젊은이들이 모여들었다.

"브레인스토밍 스트리트구나."

미하라 씨가 말했다.

날마다 집과 학교를 왕복하며 반경 5킬로미터 세계에서 살던 나. 고교생 브레인이 되어 겨우 반년 동안에 16년간의 평범함을 바꿔 칠하는 경험을 연달아 했다. 브레인스토밍, 그룹 인터뷰, 이벤트 참여, 모델 촬영…… 옥외 광고 속에서 바깥세상을 응시하는 SAMURAI 멤버 우젠의 힘 있는 눈동자를 보았다. 우젠은 어렸을 적부터 텔레비전에 나오는 게 꿈이었다. 할머니가 아주 좋아하는 프로그램에 나오는 자신을 보여 주고 싶었다. 시골에서 살아서 텔레비전에 나오는 건 무척 굉장한 일이었다고, 대기하는 차 안에서 얘기해 주었다.

그 꿈을 날마다 이루고 있네, 우젠. 난 아직 내가 뭘 원하는지 몰라.

"미사오 말이야. 1월부터 미술 학원에 다닌대. 미대에 들어갈 건가 봐. 치키치키 때 유니폼 디자인 칭찬받은 걸 계기로 재능에 눈뜬 모양이야."

CANDY를 촬영한 현장에서 미사오는 아트 디렉터인 유카 씨에게 상담했다. 돌아가는 길에 가르쳐 준 학원을 견학하고 그 자리에서 바로 등록했다는 점이 미사오답다.

히나코는 프랑스 대학에 입학하려고 프랑스어를 배우기 시작했다고 한다.

"《어린 왕자》를 원서로 읽는 게 꿈이래. 미쿠니 씨가 예전에 파리 유학 갔을 때 이야기를 오다큐센으로 함께 돌아갈 때마다 듣고서 결심을 굳혔다더라."

미사오와 히나코, 나한테는 그런 말 한마디도 하지 않았는데. 내 안에서는 혁명적이라 할 만큼 자극과 변화로 가득 찬 6개월이었다. 하지만 실은 아무것도 변하지 않았다. 내가 멈춰 서 있는 동안에 그 애들은 다음 시대를 걷기 시작했다. 역시 나랑은 전혀 다르다. 나는 한숨을 쉬고서 전부터 궁금했던 질문을 던졌다.

"미하라 씨, 어째서 저한테 말을 거셨어요? 미사오랑 히나코는 이해가 되지만 저는⋯⋯."

고교생 카피라이터 선발 대회 시상식 때부터 줄곧 궁금했다. 나를 고교생 브레인 중 하나로 고른 이유가 뭐지?

"마코가 가장 많이 응모했으니까."

"그렇지만 30개 보내서 걸린 건 하나뿐이었어요."

"나한텐 전부 걸렸어."

미하라 씨는 그렇게 말하고 나를 보았다. 위로 솟은 속눈썹 밑 똑바르고 망설임 없는 눈으로.

"난 이 정도 인간인가 하고 반쯤 포기하면서도 완전히 포기하지는 못해. 그래서 찬스를 잡아서 무언가 바꿔 보고 싶었지? 많은 사람 속에 묻힌 자신을 누군가가 발견해 주길 기다린 거지?"

"그걸 어떻게 알았어요?"

"옛날에 내가 그랬으니까."

나는 놀라서 미하라 씨를 보았다.

"에너지는 남아도는데 그걸 어디에 부딪쳐야 좋을지 모르겠고, 뭔가를 할 수 있을 거 같긴 한데 어쩐지 자신이 없고. 이상한 콤플렉스에 시달리지. 미래가 보이지 않는 만큼 과거나 현재에 얽매여서 센티멘털해졌지."

그야말로 지금의 내 모습이다. 미하라 씨도 어렸을 땐 그랬던 건가? 내 물음표를 내버려 둔 채 미하라 씨는 말을 이었다.

"마코를 보면 투명한 새장 안에서 몸부림치는 새 같아. 어디든 날아갈 수 있는 자유와 날개가 있는데도 스스로 자기 한계에 선을 긋고 있어."

"저, 전혀 자유롭지 않아요. 부모님도 엄격하시고……."

"난 있지. 계속 부모님이랑 잘 지내지 못했어. 이유가 뭘 거 같아?"

잘 모르겠다는 뜻으로 나는 고개를 갸웃했다.

"내 상상력. 어머니는 고독한 주부고, 아버지는 아무 취미도 없고 일밖에 모르는 시시한 인간이고, 좁은 세계에서 살아가는 부모님의 최대 관심사는 딸인 나뿐이었어. 얼마나 갑갑한 일이야! 그런 스토리를 머릿속에서 멋대로 만들어 낸 거야."

꼭 우리 엄마 아빠 같다.

"그런데 실제로는 달랐어. 대학에 들어갈 때까지 몰랐는데 엄마는 독학으로 영어를 익혀서 집에서 번역 일을 하고 있었어. 다만 그 모습을 딸한테 보여 주지 않았을 뿐이야. 말수 적은 아버지가 하이쿠(일본 특유의 단가)를 하고 그 방면에서는 꽤 알려진 사람이었다는 것도 줄곧 모르고 있었어."

미하라 씨는 한 호흡 쉬고 말을 이어 나갔다.

"풍부한 상상력이 마이너스로 작용하는 일도 있어. 플러스로 작용하면 브레인스토밍에서 힘을 발휘하지만."

나는 몰랐다. 며칠 전 종업식 날 오후, 엄마가 미하라 씨를 만나러 M에이전시에 불쑥 찾아간 일을. 그리고 한 시간이나 얘기를 하고 돌아간 일을.

2학기 기말고사 성적은 반에서 11등이었다. 엄마와 약속한 10등 안에는 들지 못했다. 그 결과를 보고 엄마는 열심히 했구나라든가 아깝게 됐구나 같은 다정한 말은 하지 않았다.

"M 뭔가 하는 데는 여전히 가고 싶니?"

이렇게 딱 한마디 물었다. 이상한 질문 방식이었다. 그건 '지금 다니고 있고, 앞으로도 계속 가고 싶니?'라고도 '지금은 가지 않지만 아직도 가고 싶은 마음은 변함없니?'라고도 해석할 수 있었다. M에이전시에는 이제 가지 않는 걸로 되어 있었다. 줄리어스 캔디 프레젠테이션 날도 친구네 집에서 공부하고 오겠다는 거짓말을 하고 집을 나섰다. 유도심문일지도 모른다는 생각을 하면서 "응." 하고 대답하자 엄마는 "그래."라고만 했다. 그런 엄마가 미하라 씨를 만나자마자 "뵙고 싶었어요!"라고 반갑게 말한 일도 물론 몰랐다. 내가 아는 엄마는 결코 그럴 리가 없다.

엄마는 미노루의 증언과 기억의 단편을 이어서 '광고 회사 M 거시기의 미하라 씨'를 찾아냈다. 입이 닳도록 말해도 의욕 없던 딸이 맹렬히 공부해서 성적이 급상승한 건 M거시기 덕이다, 짧게라도 인사를 하지 않으면 영 개운치가 않다. 어떻게 할지를 정하고 나면 엄마는 행동이 빠르다.

"이 회사에서는 '필요'를 만들고 있다면서요?"

전략기획실로 안내된 엄마는 미하라 씨의 눈을 똑바로 보며 말했다. 아빠가 광고 회사는 아무것도 만들지 않는다고 말했을 때 나는 "니즈를 만들어."라고 반론했다. 그때 한 말을 엄마는 기억하고 있었다. 엄마는 니즈를 '필요'라고 했다.

"마코한테도 이 장소는 '필요'한 거네요?"

"아니요, 필요로 하는 건 오히려 저희 쪽이에요."

엄마는 놀라서 미하라 씨를 쳐다보았다. 얼굴에 '설마!'라고 쓰여 있었다.

"정말이에요. 마코한테는 몇 번이나 도움을 받았어요."

엄마 눈에 눈물이 빛났다.

"마코를 필요로 해 주셔서 고맙습니다……."

그렇게 말하는 게 고작이었다. 눈물 때문에 말끝이 사그라졌다. 엄마한테 그런 면이 있다니, 나는 몰랐다. 미하라 씨한테 전해 듣고서도 아직 믿기지 않는다.

M에이전시를 뛰쳐나와 하라주쿠역으로 향하는 도중 인파 속에서 머리 하나가 쑥 올라와 있는 겐 씨를 발견했다. 구부정한 자세로 어깨를 좌우로 흔들며 걷는 게 특징이라 멀리서도 금방 알아볼 수 있다. 그 목덜미에 눈이 못 박혔다. 밝은 노랑과 황록색 줄무늬가 들어간 목도리를 본 적이 있다. SAMURAI의 QR코드 랠리 마지막 날 미사오와 함께 가서 고른 미사오 남자 친구 크리스마스 선물. 그걸 겐 씨가 둘렀다는 건……. 겐 씨 옆에 보였다 말았다 하는 갈색 머리는 분명히 미사오다.

모두 변해 간다.

과거를 부수고, 미래를 뒤엎고.

"다녀왔습니다!"

나는 아주 밝은 목소리로 집으로 돌아왔다.

엄마가 현관까지 나와서 내 얼굴을 쳐다보았다. 오늘 중요한 프레젠테이션이 있는 날이라는 걸 엄마는 알고 있다. 내 얼굴을 보고 좋은 소식인지 나쁜 소식인지를 읽어 내려 한다. 미안해인지 고마워인지 하고 싶은 말이 너무 많아 헷갈려서 말이 되어 나오지 않는다.

"다녀왔습니다."

나는 한 번 더 말했다.

"방금 말했잖아."

엄마가 웃었다.

"상관없어!"

나는 엄마 품에 뛰어들어 한 번 더 말했다.

"다녀왔습니다!"

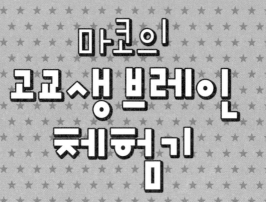

내가 고교생 브레인이라니!

아직도 믿기지 않아. 내가 M에이전시 고교생 브레인으로 뽑히다니!
시상식장 한쪽에 주춤거리며 서 있던 나를 미하라 씨가 발견해 주었
어. 고마워요.^^

광고 대행사에 대해서 찾아봤어

M에이전시는 광고 대행사야. 그래서 광고 대행사가 무슨 일을 하는
지 찾아봤어. "광고 대행사는 광고주를 위해 광고에 관한 업무를 전
문적으로 다루는 일을 한다. 광고를 창작, 계획하고, 제작해서 매체
를 이용해 게재하고 방송하는 일이다." 아직은 정확히 모르겠지만 우
리가 텔레비전에서 보는 광고를 직접 만든다는 거잖아. M에이전시
어른들 다시 봤어!

이렇게 큰 광고 대행사가 있다고?

광고 대행사는 아주 작은 규모부터 M에이전시처럼 세계 각국에 지
사를 둔 글로벌한 회사까지 아주 다양해. 한국의 대표적인 광고 대
행사는 제일기획, 이노션월드와이드, HS애드, 대홍기획, SK플래닛,
TBWA코리아, 레오버넷, 오리콤, 금강오길비, 한컴 등이야. 이중에
서 TBWA코리아는 세계 최대 광고 그룹인 Omnicom Group(약 100개
국에 약 7만 4,000명 직원 고용)의 자회사이고, 금강오길비는 글로벌 미디어
커뮤니케이션 서비스 기업 WPP(약 120개국에 2,400개 사무소 운영)의 자회사
야. 규모가 어마어마하네. @.@

초코보다 뇌가 녹아 버릴 거 같아

M에이전시에 갈 때마다 뇌가 녹아 버리는 느낌이야. 오늘은 신제품
초콜릿 세일즈 캠페인을 위한 브레인스토밍을 했어. 그런데 우리가

낸 아이디어는 이미 전략기획실 어른들 머릿속에서 나온 거래. 그러면서 우리한테 계속 짜내다 보면 생각지도 못한 좋은 아이디어가 나올 수 있다고 하는데. 헐, 우리는 마요네즈가 아니거든요!

여러 직종의 사람들이 모여 있어

'M에이전시 마케팅본부 전략기획실 고교생 브레인, 야마구치 마코.' 내 이름이 적힌 명함을 받았어. 명함을 받아 든 순간, 손이 떨리지 뭐야. 아이디어 회의에 참가하면서 다양한 사람들을 만나다 보니 광고 대행사는 여러 직종의 사람들이 모여 있다는 걸 알았어. 여러 부서가 있지만 보통은 광고 기획을 담당하는 기획부서, 제작물을 만드는 크리에이티브(제작)부서, 제작한 광고물을 미디어에 노출하는 매체부서로 나뉘어.

- **AP**(account planner)
  어카운트 플래너는 시장 환경, 소비자, 브랜드 파워 등의 분석을 통해 최선의 전략 방향을 제시하는 마케팅 전략가야.

- **AE**(Account Executive)
  광고 기획자는 광고주와 만나서 광고 전략을 협의하고 광고주의 의견을 크리에이티브 부서에 전달하면서 업무 전반을 조율해. 광고의 중심 역할을 담당하는 총괄 책임자라고 할 수 있지.

- **CD**(Creative Director)
  크리에이티브 디렉터는 AE의 전략을 기반으로 소비자에게 표현할 결과물을 제작, 지휘하는 역할이야. 아이디어, 디자인, 카피라이터의 메시지, 영상 촬영 방향을 설정해. 제작팀의 팀장이라고 할 수 있지.

- **CW**(Copywriter)

  카피라이터는 광고 메시지를 표현하는 글과 문장을 만드는 사람이야. 단순히 카피를 쓰는 게 아니라 어떻게 최종 광고를 만들 것인지 결정하기도 해. 그래서 크리에이티브 디렉터의 70퍼센트가 카피라이터 출신이야.

- **GD**(Graphic Designer)

  그래픽 디자이너는 광고에 들어가는 비주얼에 관한 모든 일을 해. 그래픽 디자이너를 거쳐 광고 디자인을 총괄, 감독하는 사람을 아트 디렉터(Art Director)라고 해.

- **Media Planner**

  미디어 기획자는 주어진 광고 예산을 어떤 매체(신문, 잡지, 라디오, 텔레비전, 인터넷, 스마트 미디어 등)에 노출해야 가장 효과가 좋을지 과학적인 방법으로 결정하는 일을 해.

- **디지털 AE**

  온라인과 뉴미디어 광고에 대한 기획, 제작, 미디어 플래닝 등 인터랙티브 마케팅의 처음부터 끝까지 다양한 업무를 담당하는 디지털 전문가야.

- **프로모션**(Promotion)

  이벤트, 프로모션, 스포츠 마케팅, PR 등 다양한 수단으로 기업의 이미지와 메시지를 전달하고, 각종 이벤트를 기획하고 집행하는 일을 해.

광고 실무 용어를 정리해 뒀어

광고 대행사에서 사용하는 용어는 영어가 많아. 브레인이 먹는 거냐고 물었던 미사오 정도는 아니지만 ^^; 나도 영어에 약하니까 조금씩 정리를 해 두어야지.

- **클라이언트**(client)

  광고를 맡긴 사람, 기업을 가리켜. 광고주라고도 해.

- **프레젠테이션**(presentation)

  각 광고 대행사가 준비한 신제품 마케팅 전략이나 캠페인 기획안을 클라이언트에게 발표하는 것을 말해. 여러 광고 대행사가 프레젠테이션에 참가하는 걸 경쟁 피티라고 해.

- **클라이언트 오리엔테이션**(client orientation)

  클라이언트가 광고할 제품의 특성과 타깃, 예산, 매체, 캠페인 기간 등을 경쟁 피티에 참여한 광고 대행사를 초대해 설명하는 자리야.

- **브레인스토밍**(brainstorming)

  자유로운 토론으로 창조적인 아이디어를 끌어내는 일이야. 아이데이션(ideation)은 새로운 아이디어의 생성, 발전, 커뮤니케이션을 아우르는 단어야.

- **광고 캠페인**(advertising campaign)

  특정한 광고 목표를 달성하기 위하여 일정 기간 조직적, 계속적으로 실시하는 일련의 광고 활동이야.

- **스토리보드**(storyboard)

  스토리보드는 광고를 보는 사람이 광고 내용을 쉽게 이해할 수 있도록 주요 장면을 그림으로 표현한 거야.

- **PPL**(product placement)

  영화나 드라마 등에 상품을 등장시켜 간접적으로 광고하는 마케팅 기법의

  하나야.

- **티저 광고**(teaser advertising)

  무엇을 광고하는지 밝히지 않는 방법으로 소비자들의 호기심을 유발하는

  광고를 통칭해.

TV 광고를 만들어 볼까

고교생 브레인 특권으로 TAKE가 나오는 초콜릿 론칭 광고를 미리

봤어. 꺄오! ♥ 이렇게 멋진 TV-CF가 태어나는 데 나도 도움이 되

었다고 생각하니까 점점 흥분이 더해졌어. 그럼 TV 광고가 나오기까

지 과정을 정리해 볼까.

❶ 광고주가 어떤 광고를 만들고 싶은지 광고 대행사 사람들에게 오리엔테

이션을 해. 보통 AE가 오리엔테이션에 참석하지.

❷ 광고 기획팀과 광고 제작팀 사이에서 합의된 크리에이티브 콘셉트를 바

탕으로 아이디어 발상을 시작해. 카피라이터와 프로듀서가 아이디어를 내

고 어떤 아이디어가 좋은지 평가한 다음 최종 아이디어를 결정하지.

❸ 카피를 작성하고 스토리보드 초안을 만들어서 내부 수정 과정을 거쳐.

❹ 완성된 스토리보드를 가지고 광고주에게 프레젠테이션을 해. 그러고 나

서 스토리보드를 다시 한번 평가하고, 어떤 모델을 쓸지, 모델 의상은 어떻

게 할지, 촬영은 언제 어디서 할지, 제작비는 얼마인지 등을 광고주와 협

의해.

❺ 협의가 끝나면 촬영 감독을 선정하고 촬영 감독이 작성한 촬영 콘티를

가지고 광고주, 광고 대행사, 제작사 관계자들이 모여 제작 전 사전 협의

(PPM, Pre Production Meeting)를 거쳐.

❻ 세부적인 제작비까지 합의되면 실제 촬영에 들어가고 편집 과정을 거쳐 광고주 시사회를 해. 수정이 있으면 보완을 하고 최종 완성본을 방송국에 보내면 드디어 광고가 텔레비전을 타고 흐르는 거야.

광고 대행사는 니즈를 만들어

영화 홍보 캠페인으로 바쁜 나날이야. 그런데 부모님은 내가 연예인 쫓아다니는 줄 안다니까. 급기야 아빠가 광고 회사는 아무것도 만들지 않는다고 해서 내가 광고 회사는 니즈를 만든다고 버럭 해 버렸어. 음료 회사가 음료를 만들 듯 광고 대행사는 니즈를 만들어. 소비자의 호기심과 갖고 싶은 마음을 끌어낸다고!

과거를 부수고, 미래를 뒤엎고

TAKE가 나오는 초콜릿 TV-CF 스토리보드 복사본을 잃어버려서 결국엔 고교생 브레인을 그만둬야 했어. 할 수만 있다면 스토리보드를 갖고 나오기 전으로 시곗바늘을 돌리고 싶어. 하지만 그 사건이 없었다면 줄리어스 캔디를 공략하는 일도 없었을 거야. 고교생 브레인으로 활동한 지난 6개월, 실은 그동안 아무것도 변하지 않았는지도 몰라. 하지만 이미 다음 시대를 걷기 시작한 친구들처럼 나도 과거를 부수고, 미래를 뒤엎고 변해 갈 거야…….

지금 이 후기를 읽는 당신은 무얼 계기로 이 책을 손에 들었나요? 그리고 어떤 생각으로 읽었나요? 먼저 브레인스토밍 여행에 함께해 주셔서 고맙습니다.

'브레인스토밍'이란 말을 들어 본 적이 있나요? 제가 브레인스토밍을 알게 된 건 취직을 하고 나서였답니다. 글 쓰는 걸 좋아한다는 이유로 카피라이터를 지망했고 운 좋게 외국계 광고 대행사에 채용되었는데, 거기서 날아다니는 외래어 중 하나가 브레인스토밍이었지요.

브레인스토밍이란 참 잘 붙인 이름입니다. 머릿속을 마구 휘젓는 이 작업은 뇌에 태풍을 일으켜서 아이디어의 단편을 떠올립니다. 그렇게 해서 파낸 생각을 긁어모아 믹서로 갈 때처럼 마구 섞어서 생각도 못한 아이디어를 짜내는 거지요.

브레인스토밍을 할 때 요구되는 건 남과 다른 시점에서 접근하는 독창성과 남의 의견을 잘 받아들이는 협조성이에요. 하지만 입사했을 때 저는 독주성과 강조성만 눈에 띄고 헛돌기만 했지요. 나한테 아이디어가 없으니까 남의 아이디어를 깎아내리거나 마음에도 없는 폭탄 발언을 마구 내뱉거나, 쓸데없는 태풍만 불러일으켰답니다. 이 책의 주인공 마코가 처음에 그랬듯이 저는 잔뜩 움츠리고 있었지요.

남의 관점과 발상을 즐기면서 거기에 자극을 받아서 자신의 아이디어를 끄집어낼 수 있게 될 때까지는 몇 년이나 브레인스토밍 수행이 필요했어요. 브레인스토밍은 옷장 서랍을 열어서 물건을 찾는 것과 비슷합니다. 양말 한 짝을 찾으려 했는데, 언제 샀는지 기억도 없는 타이츠를 발견하고, 오른손에 든 스카프와 왼손에 든 목걸이를 보고 엉뚱한 코디네이션을 생각해 내기도 하잖아요.

머릿속 서랍은 훨씬 복잡해서 스스로도 어디에 뭐가 얼마나 있는지 파악할 수 없습니다. 그런데 브레인스토밍이란 태풍에 휩쓸리면 기억의 숲에 잠들어 있던 경험과 지식이 떠오르는 거지요. 교과서에 실려 있던 시의 한 구절, 고향에서 본 풍경, 어릴 적 추억, 그 속에 돌파구가 숨어 있기도 합니다. 이 책에서는 히나코가 본 영화와 마코가 읽은 그림책에서 '초콜릿 공장 견학'이라는 세일즈 캠페인 아이디어가 태어났습니다.

무엇에서 아이디어가 나올지 알 수 없다는 게 브레인스토밍의 재미난 점입니다. 바꿔 말하면 무엇이든 아이디어의 재료가 되고 영양이 되는 것입니다. 출근 전철에서 보는 경치, 심야 방송의 개그, 카페에서 들을 수 있는 이야기, 문자를 주고받는 것⋯⋯. 자기가 본 것, 들은 것, 느낀 것, 기쁜 일, 슬픈 일, 분한 일, 무엇 하나 쓸데없는 것은 없습니다. 그런 식으로 생각하니 브레인스토밍도 광고 일도 전보다 훨씬 재미있어졌습니다.

이 책의 전신인 작품을 쓴 것은 입사 5년째 일이랍니다. 어느 문학상에 응모하기 위해서였지요. 응모 원고에 첨부한 작품 의도에는 이렇게 썼답니다.

출근 전철 안에서 여고생들의 대화를 듣고 있으면
'이 애들 정말로 사이좋은 건가?'라거나
'날마다 즐거운 걸까?'라거나
이 언니는 걱정스러울 때가 있습니다.
인간관계도 감동도 사는 방식도 얄팍해져 가는
그런 시대인지도 모르지만, 좀 쓸쓸한 기분이 듭니다.
젊고 세포도 싱싱하고 방과 후도 있으니까
더 재미있는 일을 생각하고 뭔가에 더 열중하고
더 두근거리게 살면 좋을 텐데⋯⋯. 이런 생각을 하는 동안
그렇다면 꿈꿀 재료가 여기저기 뒹구는

내 직장에 그 아이들을 초대하자, 하고 생각했습니다.

일이 순조롭게 돌아가서 간신히 주위를 둘러볼 여유가 생겼던 거겠죠. 여고생의 장래를 멋대로 걱정하고 부탁도 하지 않았는데 '일하는 건 즐거운 거야. 어른이 되는 건 나쁘지 않아.'라고 말하는 소설을 썼습니다.

그렇지만 제가 근무하는 광고 대행사에 고교생 브레인은 없습니다(아마 없는 게 당연할 겁니다). M에이전시의 전략기획실에서 벌이는 브레인스토밍은 영업, 제작, 매체, 마케팅 현장을 넘어서 각 프로젝트 담당자가 머리를 맞대고 합니다.

작품에 등장하는 거래처와 제품은 전부 가공이며, 나오는 아이디어도 이 소설을 쓰기 위해 만들어 냈습니다. 단것을 좋아하기 때문에 초콜릿 일을 하면 좋겠다는 생각을 하면서 좋아하는 영화 〈윌리 윙커와 초콜릿 공장〉 같은 세일즈 캠페인은 어떨까, 하고 혼자 브레인스토밍을 하면서 썼답니다.

소설 속에서 마코와 히나코와 미사오가 느낀 것, 미쿠니 씨와 미하라 씨와 겐 씨가 가르쳐 주려 한 것은 실제 체험을 바탕으로 했어요. 회사에 들어가서 상사와 동료와 거래처에서 들은 것, 따끔한 말, 격려의 말, 마음에 남은 대화와 대사가 전략기획실 대화가 되었지요.

저보다 열 살은 어린 젊은이들을 격려할 작정으로 쓴 작품이었는데, 이걸 읽고 격려받은 건 5년 후의 저 자신이었답니다. 어느 문학상에 응모한 그 작품은 17개 작품 후보까지 올라갔다가 떨어진 뒤 잠들어 있었습니다. 2003년 파일 정리를 하다가 그리운 원고를 발견한 저는 오랜만에 전략기획실 어른들과 고교생 브레인 아이들과 재회했습니다. 내가 쓴 이야기인데도 새로이 깨닫는 것이 잔뜩 있더군요. 바빠서 잊고 있던 것을 떠올렸을 뿐인지도 모르지만요.

'보물은 자기 머릿속에 있어. 그걸 보물의 산으로 만들지 썩힐지는 마음가짐과 인간관계에 달렸어.'

브레인스토밍을 통해서 성장한 마코와 아이들이 눈을 빛내며 말을 걸어오는 기분이 들었습니다. '머릿속'을 '마음속'으로 바꾸어도 좋겠다고 생각했습니다.

'보물은 자기 마음속에 있어. 보물은 자기 안에 있어.'

그렇게 믿을 수 있는 것이 얼마나 사람을 강하게 만들까요? 자신감은 운이나 꿈을 불러들이는 힘이 됩니다. 그것은 광고뿐 아니라 어떤 일에서든 그렇고 살아간다는 것 자체도 해당되는 것 같습니다. 그리고 이 이야기를 다른 사람들도 읽었으면 하는 마음이 쑥쑥 부풀어 올랐지요. 그 작품을 개정해서 출판하기까지 5년 동안 흡수한 것, 발견한 것을 덧붙였습니다. 당시엔 휴대 전화를 가

진 고교생은 아주 적었습니다. 지금은 갖고 있지 않은 고교생이 적습니다.

하지만 휴대 전화를 가진 고교생 수가 변해도 어른이 되는 데 대한 동경과 불안이 가슴속에 함께 존재하는 건 어느 시대든 변하지 않는 것 같군요. 제가 고교생이었을 때를 돌이켜 보면, 어른 따위 되고 싶지 않아, 회사의 부품 따위 누가 될까 보냐 하고 생각했더랬죠.

그런 저를 광고의 세계로 이끌어 준 가족과 친구와 책과 영화와 여행과 사건, 광고인으로 단련시켜 준 사람들과 제품, 행운 가득한 많은 만남과 우연에 대한 고마움을 이 책에 담았습니다. 그리고 앞으로 고교생이 될 사람에게도 지금 고교생인 사람에게도 전에 고교생이었던 사람에게도 이 책이 아주 조금이라도 기운과 용기와 아이디어를 줄 수 있다면 좋겠습니다.

이마이 마사코

우리는 마요네즈가 아니에요

초판 1쇄   2017년 12월 5일
초판 5쇄   2021년 10월 15일

지은이   이마이 마사코
옮긴이   윤수정

책임편집   신정선
마케팅   강백산, 강지연
디자인   이정화

펴낸이   이재일
펴낸곳   토토북
주소   04034 서울시 마포구 양화로11길 18, 3층 (서교동, 원오빌딩)
전화   02-332-6255
팩스   02-332-6286
홈페이지   www.totobook.com
전자우편   totobooks@hanmail.net
출판등록   2002년 5월 30일 제10-2394호
ISBN   978-89-6496-354-8 43830